Le rôle de ma vie

La collection Rose bonbon...
des livres pleins de couleur, juste pour toi!

Le rôle de ma vie

Robin Wasserman

Texte français de Louise Binette

Éditions
SCHOLASTIC

À Barbara Blank et Jamie Feldman
Le spectacle n'aurait jamais pu continuer sans vous.

Catalogage avant publication de Bibliothèque et Archives Canada

Wasserman, Robin
Le rôle de ma vie / Robin Wasserman ;
texte français de Claude Cossette.

(Rose bonbon)
Traduction de: Life, starring me!
Pour les 9-12 ans.

ISBN 978-1-4431-0168-4

I. Cossette, Claude II. Titre.
III. Collection: Rose bonbon (Toronto, Ont.)

PZ23.W375Ro 2010   j813'.6   C2010-901644-0

Édition publiée par les Éditions Scholastic,
604, rue King Ouest, Toronto (Ontario) M5V 1E1.

5 4 3 2 1   Imprimé au Canada   121   10 11 12 13 14

Sources Mixtes
Groupe de produits issu de forêts bien
gérées et d'autres sources contrôlées.
www.fsc.org Cert no. SW-COC-002358
© 1996 Forest Stewardship Council

☆ Table des matières ☆

Ouverture

Vous connaissez ces histoires de fille timide et coincée, genre vilain petit canard, qui se retrouve suant à grosses gouttes sous les feux des projecteurs? Dans la salle, les spectateurs angoissent, s'attendant à un fiasco total... mais dès que la fille ouvre la bouche, le succès est instantané. Ensuite, après les rappels, l'ovation debout et les roses lancées à ses pieds, quelqu'un montre la fille du doigt et s'exclame, bouleversé :

— Une étoile est née!

Eh bien, ça n'a rien à voir avec l'histoire que je vais vous raconter.

J'imagine que parfois les choses se passent ainsi. Mais pas dans mon cas. Je n'appartiens pas à cette catégorie des « Surprise, une étoile est née! ». Bien au contraire : je suis une *étoile-née*.

Sans blague. Mon père m'a filmée très souvent quand j'étais bébé. On voit tout de suite que je n'étais pas un poupon ordinaire au visage rouge poussant des cris aigus. Quand je hurlais, les gens écoutaient. J'avais déjà le *charisme d'une star.*

L'expression vient de ma grand-tante Sylvia.

— Le charisme, ça ne s'*apprend* pas, répète-elle sans cesse. C'est une *façon d'être.* On en a ou on n'en a pas.

Et j'en ai toujours eu.

Chaque star est appelée à s'élever toujours plus haut. À mon treizième anniversaire, j'avais déjà pris un élan formidable. Je m'élevais comme un gratte-ciel. Comme une fusée. Comme une étoile filante.

Un instant, allez-vous penser. *Les étoiles filantes retombent. Elles naissent dans le ciel, s'enflamment dans l'atmosphère puis plongent vers la terre.*

Eh bien, c'est exactement ce que je m'apprêtais à faire.

Mais je ne le savais pas encore.

.

Chapitre 1

— Bon anniversaire, ma chérie, lance ma grand-tante Sylvia en se penchant pour me faire la bise, un bisou sur chaque joue. Pas trois, ni quatre. Deux, à la parisienne.

Cela fait six semaines que je vis à Paris et il y a mille et un petits trucs auxquels je dois encore m'habituer. N'allez pas croire que je me plains ou que je m'adapte difficilement, mais j'ai tout simplement fort à faire. Je fais partie de la tournée internationale de *Bye Bye Birdie*. Je suis une vedette.

D'accord, il n'y a pas de *BYE BYE BIRDIE* METTANT EN VEDETTE ROXY DAVIDA en grosses lettres néon sur la façade du théâtre. Mais j'ai un rôle très important. Un rôle de vedette. Je joue Randolph, le petit frère du personnage principal.

Oui, c'est un rôle de garçon.

Et alors? Comme le dit grand-tante Sylvia, la vanité n'a pas sa place au théâtre. Même si j'adorais mes cheveux marron longs et épais, même si je les faisais

3

pousser depuis l'âge de sept ans, je n'ai pas hésité à les faire couper avant l'audition. Je savais que le spectacle était plus important.

Et j'ai obtenu le rôle.

Ce n'était pas ma première percée. Quand j'avais six ans, j'ai joué un premier rôle dans une production locale d'*Annie*. Puis, il y a eu *Les Misérables*, dans un grand théâtre, et ensuite, deux tournées avec *Mary Poppins* et *Gypsy*. J'ai commencé dans *Bye Bye Birdie* à l'âge de 11 ans, c'était ma première tournée internationale. Nous sommes allés à Beijing, Barcelone, Buenos Aires – pour ne nommer que les villes qui commencent par B. J'ai visité environ 15 pays, et je n'ai jamais été à la maison plus d'une semaine à la fois au cours des deux dernières années.

C'est ici que grand-tante Sylvia entre en scène. Comme ma mère et mon père devaient rester au Canada avec ma petite sœur Anaïs, grand-tante Sylvia a pris la route avec moi. Elle m'a fait l'école dans des chambres d'hôtel du monde entier. Elle m'a appris à dire « oui » et « non » dans 13 langues. Mais le plus important c'est que chaque jour, quoi qu'il arrive, elle m'emmène au théâtre à l'heure.

— Quoi qu'il arrive, pluie, verglas, grippe, cafard, dit-elle toujours, le spectacle continue.

Elle sait de quoi elle parle.

Grand-tante Sylvia était une actrice, il y a des lustres de cela. Plus qu'une actrice : une diva. Une *star*. Elle a joué sur les planches de Broadway jusqu'à ce qu'elle en ait assez de rester au même endroit. (« J'étais devenue une trop grande vedette pour Broadway, répète-t-elle toujours. Ou peut-être que Broadway était devenu trop petit pour moi! ») Grand-tante Sylvia n'a jamais eu d'enfants non plus. Elle dit qu'elle voulait être libre, comme un oiseau sans nid.

— Je ne peux pas supporter ces gamins, ronchonne-t-elle chaque fois qu'une horde d'enfants revenant de l'école nous bouscule sur le trottoir. Mais tu es différente. Tu sais pourquoi?

Je suis toujours prête à lui fournir la réponse qu'elle attend.

— Parce que je suis une star.

Puis elle éclate de rire et me reprend :

— Pas encore. Mais on y travaille.

Grand-tante Sylvia déteste le cinéma.

— Ce n'est que de la fumée et des miroirs, déclare-t-elle. Une pâle imitation de la vie. La scène, ça *c'est* la vie.

D'une certaine manière, elle n'a pas tort. La scène c'est *ma vie*.

Lorsqu'il est question de raconter une bonne histoire – disons, mon histoire à moi – quelquefois le cinéma peut être très pratique. S'il s'agissait ici d'un film, voici l'endroit où je mettrais le générique initial. (Alors, imaginez bien mon nom qui apparaît en premier, en énormes lettres rose vif remplissant tout l'écran). Le générique comprendrait des scènes tirées pêle-mêle de

5

mon séjour de six semaines à Paris. Parce qu'on se sent comme ça en tournée; on ne sait jamais quel jour on est, quelle heure il est et, parfois même, dans quel pays on se trouve. Nous sommes en spectacle à Paris depuis six semaines, mais parfois on dirait que cela fait six minutes et à d'autres moments, cela semble une éternité.

Alors, vous prenez un assortiment de souvenirs confus, vous ajoutez quelques images au ralenti, une chanson populaire et – n'oubliez pas – mon nom en lettres lumineuses. Et voilà votre montage pour le générique d'ouverture du film.

Scène : Il y a moi, Roxy Davida, et la distribution de *Bye Bye Birdie*, donnant un spectacle spécial dans la gigantesque cathédrale Notre-Dame. Un auditoire de presque 5 000 spectateurs. Notre musique résonne sur les plafonds de pierre s'élevant à 30 mètres au-dessus de nos têtes. Une lumière tachetée filtre à travers un magnifique vitrail de 700 ans.

Scène : Un grand bal au Louvre, le musée d'art le plus célèbre de Paris, en l'honneur d'un Français célèbre. Robes chics et hors-d'œuvre encore plus chics. *Mona Lisa* sur le mur nous regardant avec son étrange demi-sourire, comme si elle détenait un secret particulièrement croustillant. Une représentation spéciale de chansons tirées des *Misérables*, mettant en vedette moi, Roxy Davida, qui chante ma chanson préférée : *Mon Histoire*.

Scène : La star internationale de la chanson (en devenir) Roxy Davida, assaillie par ses admirateurs à l'extérieur de l'entrée des artistes du théâtre. Elle dédicace l'un après l'autre des programmes pour un troupeau de filles timides et ricaneuses. L'attroupement pique la curiosité des passants. « Vous êtes célèbre? » me demandent-ils. Je secoue toujours la tête de gauche à droite, mais si grand-tante Sylvia intervient la première, elle leur raconte alors que je suis une rock star suédoise ou un membre exilé de la royauté bulgare ou encore la dernière gagnante du concours *Nouvelle star pop*. Et lorsqu'ils s'enthousiasment et réclament aussi un autographe, je prends un faux accent et signe un nom pour eux. (Un nom, pas mon nom. Souvent c'est Pénélope Kartofi, mais parfois c'est Stella Paprika.)

Scène : « Merveilleuse soirée pour un pique-nique au clair de lune, mademoiselle Kartofi », lance grand-tante Sylvia en sautant par-dessus la clôture basse pour grimper sur la péniche.

Toujours postée sur le bord de la Seine, je regarde le bateau d'un œil dubitatif et lui demande :

— Vous êtes certaine, grand-tante Hildegard?

Oui, nous sommes en pleine nuit et il n'y a personne en vue. Oui, il y a une table de pique-nique et deux chaises sur le pont, long et plat, un endroit parfait pour manger des croissants au chocolat au clair de lune.

Non, le bateau ne nous appartient pas.

— Bien sûr, Pénélope, répond ma grand-tante en secouant le sac de croissants, sachant fort bien que je ne peux y résister.

Je saute par-dessus la clôture.

Scène : La soirée la plus formidable de ma vie, mais aussi le rêve de tout le monde. Des laissez-passer pour les coulisses d'un spectacle privé spécial de Patti LuPone, la plus grande diva de Broadway encore en vie. Et pas seulement des laissez-passer pour les coulisses, pas seulement une rencontre privée avec Patti LuPone en personne, pas seulement une poignée de main de la plus grande diva de Broadway encore en vie, mais un *cadeau*.

Bon, pas réellement un cadeau – mais un vieux foulard trempé de sueur qu'elle était sur le point de jeter à la poubelle et que grand-tante Sylvia a récupéré pour moi.

— C'est plutôt incroyable, dis-je, et un peu dégoûtant. Il est tout dégoulinant de sueur.

Elle me regarde comme si j'étais la dernière des imbéciles.

— C'est la sueur d'un *génie*, fait-elle remarquer.

Nous l'apportons tout de même à la maison dans un sac en plastique. Ce qui est parfait, jusqu'à ce que le vent lui arrache le sac des mains, qu'il s'envole... et tombe dans la Seine.

Je pousse un cri perçant :

— Le foulard!

Ma grand-tante Sylvia ne panique pas. Elle me regarde, puis tourne la tête vers le foulard qui flotte, emporté par le courant. Avec un léger haussement d'épaules, elle secoue ses pieds pour retirer ses chaussures.

Puis, même si nous sommes au mois de décembre, elle saute dans l'eau.

Lorsqu'on ramène ma tante, qui a l'air d'un rat d'égouts noyé, elle grelotte presque autant qu'elle rit. Et le foulard est enroulé autour de son poing gauche.

Je me précipite vers elle et m'exclame :

— Tu es complètement folle!

Puis je la serre dans mes bras, même si nous allons maintenant toutes les deux sentir l'eau sale de la Seine.

— C'était à *Patti LuPone*, laisse-t-elle tomber comme si c'était moi qui étais folle de ne pas avoir sauté. Avais-je vraiment le choix?

Fin de la scène.

Même un film n'arrive qu'à faire ressortir les points saillants – les meilleurs moments, les plus grands, les plus éclatants. Il laisse de côté toutes ces petites choses, comme les crêpes chaudes remplies de Nutella dégoulinant, le lèche-vitrine Boulevard Saint-Germain, les séances d'essayage de robes ridicules couvertes de plumes que personne n'a les moyens de s'offrir et (qui en voudrait?), sans oublier le service aux chambres, les réceptions pour la distribution, les heures et les heures de répétition, les représentations, les ovations debout, et (l'ai-je déjà mentionnée?) la séance de signature d'autographes.

OK, je sais que j'ai mentionné la séance de signature d'autographes, mais je me suis dit que j'en parlerais encore parce que c'était vraiment super.

Parfois, on imagine qu'un événement sera amusant,

excitant, prestigieux, mais dans les faits, l'événement en question est aussi passionnant qu'une sortie éducative à une usine de cire.

Mais être la vedette dans la tournée internationale de *Bye Bye Birdie* n'est pas aussi excitant que ça en a l'air.

C'est encore mieux.

Et me voilà à Paris en ce jour de mon treizième anniversaire. Comme j'ai congé aujourd'hui, je suis déterminée à passer la journée *dans* Paris. Nous partons pour Venise dans une semaine et je n'ai pas encore fait la touriste ordinaire à Paris; par exemple, je ne suis pas montée en haut de la tour Eiffel. « Pourquoi faudrait-il se contenter de l'ordinaire? » répète sans cesse ma grand-tante Sylvia. Je sais qu'elle a probablement raison, mais c'est ce que nous allons faire le jour de mon anniversaire, que ça lui plaise ou non. Un après-midi tout à fait ordinaire... à 300 mètres au-dessus du sol!

— Jerry a appelé pendant que tu dormais, m'annonce d'emblée grand-tante Sylvia ce matin-là.

Je suis toujours en pyjama tandis qu'elle a déjà enfilé sa tenue de la journée : une longue jupe évasée aux motifs indiens et une blouse rose qui jure avec ses cheveux teints orange vif.

— Il veut te voir ce matin, ajoute-t-elle. Aussitôt que possible.

— Mmmf? fais-je, la bouche pleine de pâtisserie feuilletée au chocolat.

Elle hausse les épaules.

— Il n'a pas dit pourquoi. Seulement que c'était important, répond-elle.

Je pousse un soupir. Il faut toujours que cela arrive quand j'ai un jour de congé. Il y a toujours une crise de dernière minute – une répétition d'urgence, un ajustement de costume, un cours de danse, de la publicité... des réunions embêtantes avec Jerry, le producteur embêtant.

— Je suis certaine que ce sera vite fait, déclare grand-tante Sylvia. Nous aurons tout notre temps pour visiter la *Tour Eiffel.*

Elle plisse ses lèvres badigeonnées de couleur magenta avant d'enchaîner :

— Tu es certaine que tu ne veux pas inviter des amis à nous accompagner? C'est ton anniversaire après tout.

J'essaie de ne pas rire. Des amis? Où pourrais-je dénicher des amis?

Il y a Thierry, le portier de l'hôtel, qui me fait toujours un clin d'œil quand je rentre le soir avec mon maquillage de scène. Il y a Alicia, la machiniste, avec qui j'échange des magazines démodés pour tuer le temps dans les coulisses. Et, bien sûr, il y a Hélène, l'assistante du producteur, qui doit bien avoir 100 ans et qui me pince toujours les joues et me donne de vieux livres de Munsch gluants sur lesquels ses petits-enfants ont bavé.

Quelque chose me dit que ce n'est pas le genre d'amis que ma grand-tante a en tête.

— Ma meilleure amie, c'est la scène, répète toujours

grand-tante Sylvia.

Ma meilleure amie – ma seule amie – c'est grand-tante Sylvia.

Le taxi me dépose devant le *Théâtre des Grands Rêves*, juste à temps pour mon rendez-vous avec Jerry. Les bâtiments d'un blanc éclatant qui bordent la rue en pavés ont l'air plutôt bien malgré leurs 300 ans. Chez moi, la chose la plus ancienne est le centre commercial local qui a été construit dans les années 70. Dans les années *mille neuf cent* soixante-dix.

J'ouvre la porte du bureau de Jerry d'un geste énergique, ne sachant pas trop à quoi m'attendre.

— Roxy! lance-t-il d'une voix retentissante.

Lorsqu'il est en présence de personnalités, Jerry utilise sa voix feutrée. Mais le reste du temps, il s'exprime en rugissant :

— Bon anniversaire!

Je me perche sur une des chaises face à lui, surprise qu'il s'en soit souvenu.

— Il y a longtemps que tu es avec nous, Roxy, très longtemps. Ça fait combien de temps déjà?

— Deux ans, dis-je, non sans fierté.

Presque personne de la distribution ne fait partie du spectacle depuis aussi longtemps.

— C'est une période excitante pour quelqu'un comme toi... il y a tellement de nouvelles possibilités. Tu n'es plus une petite fille et tu dois en avoir assez qu'on te traite encore de la sorte.

Enfin, quelqu'un a remarqué.

Jerry s'appuie contre le dossier de sa chaise et place ses bras derrière sa tête.

— Tu as absolument tout... tout ce qu'il faut pour devenir une star, Roxy, aucun doute là-dessus. Mais tu as besoin de déployer tes ailes. Tous les petits oiseaux doivent quitter le nid à un moment donné pour apprendre à voler... Tu comprends ce que je veux dire?

Il s'interrompt et me regarde comme s'il attendait une réponse.

Mais je ne vois strictement pas de quoi il parle. Je me contente de hocher la tête.

— Bien sûr, s'exclame-t-il d'une voix encore plus forte. Il est évident pour moi que tu gaspilles ton talent dans ce rôle. (Il pose une main sur son cœur.) Je dois te l'avouer, ça m'*attriste* de te voir confinée dans un rôle si étroit. Un talent comme le tien doit briller. Il est temps pour toi de sortir de l'ombre, Roxy. Tu veux quelque chose de *mieux*. Un nouveau défi. N'est-ce pas?

Soudain, il y a un éclair dans mon cerveau, comme dans une bande dessinée, et je comprends tout.

J'ai une promotion! Enfin, quelqu'un s'est rendu compte que j'ai trop de talent pour jouer un petit frère cabotin. Jerry me propose un nouveau défi – ce qui doit vouloir dire un nouveau rôle. Mais lequel?

Selon les rumeurs, Cheyenne Platz, la fille qui joue Kim (ma sœur aînée dans le spectacle), commencerait dans deux mois une tournée de *La Belle et la bête*. Le personnage de Kim est un premier rôle. Jerry croit-il vraiment que je suis prête?

— Oui, vous avez raison! Je suis tout à fait prête à relever un nouveau défi!

— Super. Je suis content que nous soyons sur la même longueur d'ondes.

Jerry se lève. Il me donne une poignée de main en serrant fort.

— Ça prend beaucoup de courage pour quitter le nid, poursuit-il. Mais je suis certain que tu vas t'envoler.

Je suis au septième ciel.

Jerry se rassoit et se met à potasser dans ses papiers. Au bout d'un moment, il lève les yeux et soulève les sourcils, comme s'il était surpris que je sois toujours là.

— Alors, euh, qu'est-ce qui va se passer? dis-je.

— Va voir Hélène avant de partir. Elle a des papiers à te faire remplir.

Il agite la main comme s'il chassait des moustiques de son visage.

Je sors de son bureau en flottant presque. J'ai tellement hâte d'annoncer la nouvelle à grand-tante Sylvia. Oublions la Tour Eiffel. Il n'y a pas de temps à perdre : j'ai tout un nouveau rôle à apprendre. Joyeux anniversaire Roxy!

Le bureau d'Hélène, dans la pièce adjacente, a l'air d'une zone dévastée par une tornade. Il y a des papiers, des planches à pince, des stylos, des mouchoirs et des emballages de bonbons éparpillés un peu partout. La pile des choses à faire, la tour plutôt, est tellement haute qu'on voit tout juste un chignon gris qui dépasse derrière. Je me racle la gorge.

Hélène lève la tête et écarquille les yeux :

— Comment vas-tu ma chérie?

— Très bien!

— Oh, fait-elle, l'air surpris. Jerry t'a fait son petit discours, n'est-ce pas? Il t'a dit que tu étais devenue trop grande pour le rôle?

J'acquiesce d'un signe de tête.

— Et tu... tu n'as pas de problème avec ça?

C'est comme si elle croyait que j'étais une petite souris souffrant du trac qui veut rester dans l'ombre alors que je suis une star en devenir qui a rêvé de ce moment toute sa vie. Mais n'oublions pas que j'ai devant moi la femme qui pense que j'aime lire les livres de Munsch pendant mes temps libres. Des livres de Munsch gluants.

— C'est parfait pour moi, dis-je d'un ton convaincant. Jerry a dit que je devais remplir des papiers...

— Oui, oui, fait-elle en me tendant un stylo et une planche à pince sur laquelle sont retenus quelques formulaires. Ils sont ici, ils t'attendent.

— Alors, quand est-ce que je commence?

— ... que tu commences quoi, ma chérie?

— Mon nouveau rôle, dis-je. Jerry n'a pas précisé.

Hélène ferme les yeux pendant un moment et joint les bouts de ses doigts. Puis, elle lève le regard vers moi.

— Qu'est-ce que Jerry a dit exactement?

Je hausse les épaules.

— Il a raconté que je devenais trop grande pour le rôle, que je devais relever un nouveau défi si je voulais devenir une star, et...

On croirait qu'Hélène vient d'avaler un croissant au chocolat moisi. Et j'ai l'estomac qui commence à se tordre comme si, moi aussi, j'en avais mangé.

Elle secoue la tête.

— Roxy, ma chérie, il n'y a pas de nouveau rôle. Quand Jerry tient ce discours, cela veut dire une seule chose.

Un autre éclair me traverse le cerveau, mais cette fois-ci, c'est la vérité qui frappe. Je sais ce qu'elle est sur le point de dire, j'en suis si certaine que je veux me mettre les mains sur les oreilles et chanter toutes les chansons que je connais, assez fort pour ne pas l'entendre.

C'est ce que j'aurais fait si j'étais encore une petite fille. Mais j'ai 13 ans. Je suis assez grande pour rester là calmement et écouter Hélène me dire ce que je sais déjà.

— Tu es congédiée.

☆ *Chapitre 2* ☆

Règle de diva n° 2 : « *Même si tu peux faire plein de choses,
ça ne fait pas de toi une experte en tout.* »
— Bebe Neuwirth
(Vedette de *Chicago*)

— Tu es certaine que tu ne veux pas venir avec moi?

J'espère que ma question ne semble pas trop désespérée.

Grand-tante Sylvia secoue la tête.

— J'ai fait mon temps, dit-elle en tapotant mon billet d'avion du bout d'un grand ongle marron. Quand j'ai quitté cette ville, il y a 30 ans, je me suis promis de ne pas y retourner avant longtemps, très longtemps.

Mon père a grandi à Val-Anse, au Québec, tout comme grand-tante Sylvia (elle est la sœur aînée de sa mère). Mais au contraire de ma grand-tante, il n'est jamais parti. Je ne sais pas pourquoi. Val-Anse ne compte que des centres commerciaux linéaires, des concessionnaires de voitures et des commerces de restauration rapide. Ce n'est pas le genre d'endroit où une personne saine d'esprit choisirait de vivre. Mais mon avion doit y atterrir à 18 h 30.

C'est un aller simple.

Je m'affale sur le siège en plastique rigide de l'aéroport et regarde l'horloge sur le tableau des départs égrener les minutes. Encore 14 minutes avant de laisser toute ma vie derrière moi et de m'envoler vers Villenulle-à-mourir.

J'engouffre la dernière bouchée de mon croissant et je l'avale même s'il goûte le carton. J'avais espéré retrouver Paris pour une dernière fois, mais il goûte plutôt ce qu'on achète dans n'importe quelle épicerie de Val-Anse. J'aurais dû m'en douter – on ne peut rien trouver de réel dans un aéroport.

— Tu dois avoir hâte de revoir tes parents et ta sœur, me dit ma grand-tante.

Elle est assise au bout de sa chaise, comme si elle ne voulait pas y toucher plus que nécessaire.

— Je les voyais tout le temps, dis-je d'un ton bourru.

Bon, peut-être pas toujours, mais pendant certains congés et deux semaines l'été. Après, j'étais toujours triste pendant quelques jours – les voir me rappelait à quel point ils me manquaient. Habituellement, j'essayais de ne pas y penser sinon je devenais trop nostalgique. Mais maintenant, j'ai comme la nausée, juste à la pensée de retourner à la maison pour de bon.

— Peut-être pourrais-je encore parler à Jerry? Je pourrais lui montrer que je ne suis pas trop grande. Je peux courber le dos!

J'ai vraiment l'air désespérée.

Grand-tante Sylvia fait claquer sa langue sur son palais :

— Qu'est-ce que je te dis toujours par rapport au pays des rêves?

— C'est un endroit agréable à visiter, mais personne ne veut y vivre, dis-je consciencieusement.

Je sais qu'elle a raison. (C'est ce qui m'embête tellement.) Jerry a déjà embauché quelqu'un d'autre pour prendre ma place, un enfant de dix ans épouvantablement adorable. Un *garçon* de dix ans.

— Ne prends pas cet air morose, dit grand-tante Sylvia. Toutes les stars doivent acquérir l'expérience de la vie. Avant de pouvoir monter sur scène et de te mettre dans la peau d'un autre, il faut que tu apprennes à être toi-même.

— Mais j'en ai vécu beaucoup, des expériences! dois-je préciser. Ou du moins, j'en avais, avant que Jerry me congédie. Il y a la fois où on est restées coincées à l'extérieur de notre chambre d'hôtel à Hong Kong. Et quand nous nous sommes glissées dans la salle des tapisseries au Palais de Buckingham. Ou encore, quand j'ai chanté en duo avec le prince héritier de Bulgarie. Ça ne compte pas tout ça?

— Mais si, convient-elle. Mais que se passera-t-il si jamais un jour tu veux auditionner pour un rôle d'élève « ordinaire » du secondaire?

Je recommence à grogner.

— Personne n'écrira jamais un scénario là-dessus.

Grand-tante Sylvia secoue la tête.

— Je ne te proposais pas *d'être* une élève ordinaire. Je te suggérais de t'exercer à en *jouer* une. Tu te rappelles ce que je répète toujours – une grande vedette vit vraiment son rôle.

— J'imagine.

Je donne une courte accolade à ma grand-tante. Elle sent Paris. Je murmure dans son cou.

— Tu vas me manquer. Tout va me manquer.

— Sers-t'en, chuchote-t-elle.

— Quoi?

— Laisse-toi *envahir* aussi profondément que possible par tout ce que tu ressens et classe ça quelque part dans ton cerveau. Des expériences de vie, tu te rappelles?

— Je vais m'en rappeler.

Je le lui promets même si je ne suis pas certaine de bien la comprendre. Puis, j'ajoute :

— Et je vais essayer de… sentir les choses profondément. Ou quelque chose comme ça.

— Je suis certaine que tu vas y arriver, répond grand-tante Sylvia.

Elle fait un grand sourire et soulève les sourcils avant d'ajouter :

— Ou quelque chose comme ça.

Chez moi. Ou un autre aéroport, plus près de la maison. Laissez-moi vous décrire la scène : un escalier roulant, un poste de contrôle douanier et 300 misérables passagers fraîchement débarqués de l'avion qui souffrent du décalage horaire. Tous, sans exception, regardent d'un air ahuri la femme ridicule qui crie à tue-tête dans la zone de réception des bagages :

— Roxane! Roxane!

Et qui joue le rôle de la femme ridicule criant à tue-tête? Ma mère.

Elle noue ses bras autour de moi et me serre si fort que j'arrive à peine à respirer. Je ferme les yeux. Une douce chaleur m'envahit et un sentiment de joie chasse mes inquiétudes. Pendant environ 15 secondes.

— Je m'appelle Roxy, dois-je lui rappeler en reculant d'un pas.

Mon père retire déjà mes valises du carrousel à bagages. Il les traîne jusqu'à nous, puis me soulève du sol pour me faire un gros câlin.

— Bizarre, je me rappelle pourtant très bien t'avoir donné le nom de Roxane, me taquine ma mère. Et je pourrais jurer que j'étais là quand tu es née.

Même sans regarder, je perçois le sourire dans sa voix.

— En toute honnêteté, Roxane était là aussi, signale mon père. Mais je doute qu'elle s'en souvienne aussi bien que nous.

Je réponds sur un ton moqueur :

— Sauf que, vous vous faites vieux. Il se peut aussi que vous perdiez la mémoire.

Ma mère éclate de rire.

— Tu as parfaitement raison. Autant que je sache,

on t'a prénommée Gertrude. On devrait peut-être commencer à t'appeler comme ça.

— Ou Georgette, suggère mon père, puisque tu détestes tant le nom de Roxane.

— Vas-tu nous pardonner un jour? demande ma mère en prenant un air faussement coupable. De t'avoir donné un nom si horrible que tu devras porter toute ta vie?

Je proteste :

— Allez, vous savez bien que là n'est pas la question.

Je n'ai rien contre le nom Roxane David en soi. Sauf que... ce n'est pas moi. « Roxy Davida » a beaucoup plus de panache, il a le charisme d'une star. De toute façon, je n'ai jamais compris pourquoi on devrait porter le nom que nos parents nous ont donné avant même notre naissance. Heureusement pour moi, mes parents me laissent être qui je veux, même si c'est Roxy Davida.

Mais c'est un sujet de taquineries sans fin.

Puis je demande en parlant de ma sœur Anaïs :

— Alors, où est la petite princesse?

Avant, quand je vivais à la maison, elle était obsédée par un certain costume de princesse. Elle portait la ridicule tiare en plastique partout, même à la maternelle. Quand je suis partie en tournée, elle a fini par l'abandonner, mais je n'allais pas la laisser oublier cette période. C'est le rôle des grandes sœurs, non?

Mes parents se regardent.

— Elle attend dans la voiture.

C'est étrange. D'habitude, quand je viens en visite, Anaïs est la première personne à me voir sortir de l'avion. Elle hurle mon nom et traverse le terminal en courant pour se précipiter sur moi, petite fusée aux cheveux bouclés et au sourire fendu jusqu'aux oreilles. C'est terriblement embarrassant.

Mais aussi plutôt touchant.

Il y a presque neuf mois que je ne l'ai pas vue. La dernière fois que je suis venue, elle faisait une sortie avec son école, et la fois d'avant, elle visitait nos grands-parents en Colombie-Britannique. C'était tellement bizarre de penser que ma petite sœur, cette gamine avec une tiare sur la tête, était assez grande pour voyager seule. Mais elle avait onze ans. À cet âge, je vivais à Beijing et j'apprenais à dire « Non merci, je ne mange pas d'intestins de porc » en chinois.

En effet, quelqu'un nous attend dans la voiture, mais ce n'est pas Anaïs. Tout du moins, pas l'Anaïs dont je me souviens. La dernière fois que j'ai vu ma sœur, elle portait un pull molletonné barbouillé de peinture beaucoup trop grand pour elle ainsi qu'une vieille jupe fleurie tirée du fond du placard de notre mère. Ses cheveux avaient tout de la vadrouille sale avec ses cordes emmêlées après un frottage particulièrement énergique tandis que sa bouche s'ouvrait tout le temps sur un sourire troué.

La nouvelle Anaïs serre fort ses lèvres enduites de brillant. Ses cheveux impeccables, droits et lustrés, lui arrivent sous les épaules. Il n'y a pas la moindre tache de peinture – ou de quoi que ce soit d'autre – sur son élégante blouse blanche ni sur son jeans à la coupe parfaite.

— Bonjour, princesse, dis-je en me glissant sur la banquette arrière.

La créature assise à côté de moi ne réagit pas. Bras croisés, dos rigide, elle regarde droit devant.

Pendant le trajet jusqu'à la maison, mes parents bavardent; ils énumèrent tout ce que nous pourrons faire ensemble maintenant que je suis à la maison, mais j'écoute d'une oreille distraite. C'est plus fort que moi, je fixe ma petite sœur et j'attends qu'elle me parle. Ou qu'elle fasse *quelque chose* qui me prouvera que des extraterrestres n'ont pas pris le contrôle de son cerveau pendant mon absence.

Mais elle ne dit pas un mot pendant toute la durée du trajet. Lorsque nous nous garons dans l'entrée, elle saute de la voiture aussitôt que le véhicule s'immobilise.

— Le mère de Catherine vient me chercher dans 20 minutes, dit-elle à notre mère.

— Je crois que tes chaussures à crampons sont en haut, lance maman tandis qu'Anaïs entre dans la maison en courant.

— Des chaussures à crampons?

— Anaïs est une attaquante dans son équipe de soccer, annonce mon père avec fierté.

Du sport? Ma petite sœur, celle qui a fait une crise de colère lorsqu'un professeur a refusé de la laisser jouer au tee-ball dans sa robe de princesse, fait du *sport*?

Par choix?

Je dois rêver. Peut-être vais-je me réveiller et ce sera le matin de mon anniversaire, et tout sera comme avant. Ça ne semble pas très probable.

Mais je me pince très fort, juste au cas où.

La scène : Repas en famille numéro un (parfaitement ennuyeux) chez les David. Côté cour, un comptoir de cuisine en céramique sur lequel s'empilent très haut les casseroles et les chaudrons que mon père a utilisés pour faire sa lasagne, mon plat préféré quand j'avais neuf ans. Côté jardin, un mur de photos de famille encadrées. Je ne suis pas dans la plupart d'entre elles. Au centre de la scène, la famille David réunie autour de la table pour souper – sauf Anaïs qui a un entraînement de soccer quelque part. Pour une raison ou une autre.

Les personnages : Marc David, dans le rôle du père. Marina Martinez David, dans le rôle de la mère. Et en vedette, moi, dans le rôle de la fille-prête-à-retourner-à-Paris.

Disons que vous montez une comédie musicale sur ma famille et que vous cherchez des acteurs pour jouer mes parents. Pour mon père, vous choisirez une personne ni trop grande, ni trop petite, avec des lunettes, le milieu du crâne dégarni qui laisse juste assez d'espace pour dessiner un bonhomme sourire au marqueur noir à l'encre indélébile. C'est arrivé. (J'ai été punie pendant une semaine; le bonhomme sourire, lui, est resté deux semaines.)

Pour ma mère, il vous faudra une actrice aux cheveux bouclés noirs, avec des yeux pétillants et un sourire en coin qui lui donne l'air de toujours se retenir d'éclater de rire. Et aussi une actrice qui pourra jouer une très mauvaise cuisinière. (Quand les gens découvrent que je suis canado-mexicaine, ils s'imaginent toujours que je parle espagnol et que je mange beaucoup de mets mexicains maison. Mais ma mère a passé son enfance au Québec, a toujours parlé français, et la seule chose qu'elle sait cuisiner, c'est le sandwich au fromage fondu. Et je devrais dire « brûler » et non « cuisiner ».)

Si la vie était une comédie musicale, cette scène serait accompagnée d'une chanson qui aurait pour titre « Le Blues de la lasagne ». Les paroles ressembleraient à ceci : « Je voulais un croissant au chocolat / mais papa pensait que ça me plairait. / J'ai le blues de la lasagne. / » (Si on était dans un spectacle de Disney, c'est à ce moment-ci que la lasagne se mettrait à danser en chantant : « Je suis délicieuse / ne sois pas capricieuse! »)

La vie n'est plus une comédie musicale. C'est fini. Mais j'ai ma petite idée pour arranger les choses.

— Je lisais la revue *Variété* dans l'avion, dis-je à mes parents. J'ai vu qu'il y avait plusieurs auditions la semaine prochaine pour de nouveaux spectacles. Est-ce que l'un d'entre vous peut m'y conduire?

Ma mère lève les sourcils :

— Des auditions? Pour quoi?

— Pour de nouveaux spectacles. (Ce n'est pas ce

que je viens de dire?) Comme grand-tante Sylvia le répète toujours…

— Tu viens d'arriver à la maison, m'interrompt mon père en roulant les yeux comme il le fait toujours quand je parle de ma grand-tante. Pourquoi es-tu si pressée?

— Quoi qu'il arrive, le spectacle continue, dis-je. (C'est une autre citation de ma grand-tante, mais mieux vaut ne pas le mentionner.) Une compagnie prépare une tournée nationale de *Gypsy*. Les auditions ont lieu mercredi, je me disais donc…

— Tu as de l'école mercredi, déclare ma mère. Ça ne pourra donc pas fonctionner.

Je me fige :

— Euh… as-tu dit *école*?

— Aurais-tu par hasard sauté cinq niveaux et terminé tes études secondaires pendant ton séjour à Paris? demande ma mère.

Je la regarde, bouche bée.

— Je ne crois pas, enchaîne-t-elle. Oui, *école*. Qu'est-ce que tu pensais faire?

Cela fait des années que je ne suis pas allée à une école normale. La plupart du temps, ma grand-tante Sylvia a été ma professeure, mais il m'est arrivé aussi d'avoir des tuteurs. C'étaient toujours des séances individuelles, selon mon horaire et mes conditions. C'est tellement plus civilisé que l'idée de – je frissonne – l'*école secondaire*.

— Ce serait un peu ridicule que je commence l'école, fais-je remarquer. Je vais probablement obtenir un autre rôle dans quelques semaines et repartir.

Mon père ouvre la bouche, puis la referme. Il regarde ma mère :

— Tu veux le lui dire?

— Je n'y tiens pas particulièrement, répond-elle.

— Bon, je ne veux pas le lui dire, reconnaît-il. On fait roche, papier, ciseaux?

— Allez-vous cesser de tourner autour du pot et finir par me parler? fais-je, d'une voix irritée.

Ma mère me gratifie d'un grand sourire forcé.

— Ton père et moi sommes d'avis que ce serait bien pour toi de passer un peu plus de temps à la maison.

— Qu'est-ce que vous entendez par « un peu »?

— Bon... personne ne dit que tu dois vivre ici jusqu'à la fin de tes jours, commence ma mère.

— *Personne* ne dit ça, répète mon père en faisant un large sourire. Il va falloir que tu partes un jour... sinon quand vais-je avoir la salle de jeu dont j'ai toujours rêvé?

Ma mère lui jette son regard qui signifie « pas de blague pour les cinq prochaines minutes ».

— On ne parle pas de toujours, précise-t-elle, seulement du reste de l'année.

Pardon?

— On est en janvier, fais-je remarquer. Ça fait beaucoup de *mois*! Et ma carrière dans tout cela?

— Tu as 13 ans, observe ma mère. Il n'y a pas le feu.

Elle ne comprend pas. Elle n'a jamais compris. Grand-tante Sylvia dit qu'il y a deux genres de personne sur cette planète : les stars et les autres. Ma mère et mon père font incontestablement partie de la deuxième catégorie.

— Ta carrière sera toujours là à la fin de l'année scolaire, lance mon père. Mais pas la première secondaire. Ta mère et moi voulons simplement que tu vives quelque temps comme une jeune fille ordinaire. Aller à l'école, rentrer à la maison chaque soir. Normal.

— Pourquoi se contenter de l'ordinaire? dis-je entre mes dents.

Je pose ma fourchette, même si je n'ai presque pas touché à ma lasagne et qu'il reste deux morceaux de pain à l'ail détrempés dans mon assiette.

— Je m'en vais dans ma chambre, dis-je.

— Mon enfant adorée, intervient ma mère avec cette intonation dans sa voix qui signifie je-blague-mais-pas-vraiment. Quand tu étais en tournée, où prenais-tu ton souper?

Je hausse les épaules.

— Dans la suite de l'hôtel, habituellement. La personne du service aux chambres nous l'apportait.

— Et que faisais-tu avec ton assiette quand tu avais terminé? me demande-t-elle.

Qu'est-ce que ça peut bien faire?

— On les laissait à l'extérieur de la chambre, j'imagine. Quelqu'un les ramassait sans doute pendant la nuit.

Mon père me tend son assiette. Il a mangé trois portions de lasagne sans laisser une seule bouchée.

— Première étape pour être une jeune fille ordinaire, dit-il. Desservir la table.

— Deuxième étape… poursuit ma mère en montrant du doigt l'évier où s'empilent chaudrons et casseroles. Le dimanche soir c'est ton tour de faire la vaisselle.

Je ne sais même pas comment laver la vaisselle. En quatre ans, personne ne m'a jamais demandé de faire une tâche ménagère.

— Mais…

Je dois avoir l'air vraiment perdue, car mes parents éclatent de rire. Ma mère me lance une bouteille de liquide pour la vaisselle et me tend une brosse à récurer.

— Bienvenue à la maison, Roxane.

Je me retiens de dire : « Je ne m'appelle pas Roxane, mais Roxy. » Toutefois, pour la première fois depuis longtemps, ça ne semble pas vrai du tout. De toute façon, je n'arrive pas à imaginer la vedette internationale Roxy Davida faisant la vaisselle.

Roxane David, par contre, relève ses manches, plonge les mains dans l'eau savonneuse et se met au travail.

Chapitre 3 ☆

L'expérience de la vie, me dis-je, *chaque star doit acquérir l'expérience de la vie.*

Plantée devant la porte de l'école secondaire Valmont, je passe en revue ma liste de motivations.

Je me rappelle que ce sera pour quelques mois seulement. Ensuite, je pourrai reprendre la route.

Je me rappelle que j'ai déjà fait sept années d'école primaire et qu'elles n'ont pas été trop mal.

Je me rappelle que j'ai trouvé mon chemin toute seule dans quelques-unes des plus grandes villes au monde. Je peux donc faire face à l'école secondaire.

Je me rappelle que ce n'est pas grave qu'Anaïs soit toujours à l'école primaire. Parce que je n'ai surtout pas besoin de ma petite sœur pour me faire faire le tour des lieux – ma peste de petite sœur, maussade en plus, qui ne m'aime même plus.

Je me rappelle que je suis une actrice – jouer une

élève ordinaire de première secondaire ne peut pas être bien difficile.

Finalement, je n'ai plus aucun rappel à me faire et je prends une profonde inspiration.

Je franchis le seuil de la porte.

Vous connaissez l'expression : « On aurait dit un zoo »? Dans un zoo, les animaux sauvages sont enfermés dans des cages. Dans un zoo, on est en sécurité – du moins, les humains le sont.

Bref, tout le contraire de l'école secondaire Valmont.

C'est le bruit qui me frappe en premier. Des centaines de jeunes parlent, crient et rient tous en même temps.

Puis, il y a l'odeur. Une fois, à Paris, une partie de la distribution a visité le réseau d'égouts (pas mon genre de truc). On nous a entraînés dans des tunnels humides et vaseux où de l'eau sale nous dégouttait sur la tête. Et il y avait la puanteur de la moisissure, des rats et de choses qu'on préfère ignorer qui nous montait au visage.

L'école secondaire Valmont sent un peu plus mauvais que ça.

La cloche sonne; le zoo sans cage se transforme en ruée. Des centaines de corps foncent vers moi, m'entraînant vers l'escalier au bout du corridor. Je me plaque contre une rangée de casiers en fermant les yeux de toutes mes forces.

J'ai survécu au métro de Beijing, dois-je me rappeler. Je peux supporter ceci.

L'instant d'après, la tempête est passée, le corridor

est vide – et je n'ai aucune idée de l'endroit où je suis censée aller. J'erre dans le corridor aux prises avec un sentiment d'impuissance que je déteste. C'est alors que j'aperçois l'affiche. Elle est violette. Sur sa couleur vive se détache un mot en grosses lettres noires que je connais bien : AUDITION!

LES AUDITIONS POUR LA COMÉDIE MUSICALE DE LA DEUXIÈME ÉTAPE AURONT LIEU LES 12, 13 ET 14 JANVIER. C'était la semaine passée. Je l'ai manquée. Et puis après? Je suis une pro. Les acteurs vont probablement me supplier pour que j'en fasse partie. Au bas de l'affiche, il y a une phrase en plus petits caractères : POUR TOUTES QUESTIONS, VEUILLEZ VOIR MME HARDY, LOCAL S12. Je décide d'aller la voir tout de suite après l'école.

Avoir un projet c'est un peu comme avoir un scénario, je me sens donc beaucoup moins perdue. Peut-être vais-je trouver un moyen qui fera en sorte que tout fonctionne pour moi à l'école secondaire.

Au moins, jusqu'à ce que je reprenne la route.

Ce jour-là, je n'apprends pas grand chose en algèbre, en sciences de la Terre ou en histoire; par contre, j'apprends tout de même des choses :

1. Pour ouvrir ton casier, tourne le cadran trois fois vers la droite, deux fois vers la gauche, puis une fois vers la droite. Retiens ta combinaison parce que si tu l'écris sur un bout de papier et que tu perds le bout de

papier en question, tout le monde autour va rire de toi pendant que tu essaies un million de combinaisons au hasard et tu devras te résigner à descendre à la réception pour demander à quelqu'un de te redonner la combinaison.

2. Ne t'avise pas de parler à quelqu'un que tu ne connais pas. Si jamais tu as cette mauvaise idée, tu ne devrais pas choisir la capitaine de l'équipe de hockey féminine qui s'habille comme si elle s'en allait à une séance de photographie pour le magazine *Ado chic*. Et si tu la choisis, tu ne devrais pas entamer la conversation en lui annonçant gentiment que sa braguette est ouverte.

3. N'utilise pas la cage d'escalier sud; c'est le cœur de la boule puante.

4. Ne t'arrête pas dans la cage d'escalier du milieu à l'heure du dîner pour attacher ton soulier, à moins que tu ne veuilles qu'un élève au deuxième palier verse son berlingot de lait au chocolat sur ton nouveau pull violet à paillettes. Sans mentionner que ton irremplaçable foulard ayant appartenu à Patti LuPone aura ensuite l'air d'une pauvre chose brune toute détrempée.

5. Et surtout, *surtout*, ne va pas t'asseoir à une table au hasard à la cafétéria, à côté de gens que tu connaissais en quatrième année en espérant que tout redeviendra comme dans le bon vieux temps, par enchantement, et que ce sera merveilleux et fantastique.

Dans les films, les cafétérias sont des endroits hyper simples. Un seul coup d'œil suffit pour savoir qui est qui et à quel groupe on appartient. Assis ensemble à une table, les intellectuels comparent leur protecteur de poche de chemise, tandis que, plus loin, on aperçoit les sportifs avec leurs muscles et leurs meneuses de claques. Il y a aussi la patrouille Prada, les soi-disant reines de la mode qui n'ont jamais entendu parler de haute-couture parisienne; les passionnés des arts barbouillés de peinture; et, bien entendu, les comédiens en herbe, vêtus de noir, citant Molière, et qui se mettent à chanter quand ils sont particulièrement inspirés par une succulente assiette de pain de viande. Mon type.

C'est ce qui se passe au cinéma. Mais les jeunes dans cette cafétéria sont tous habillés de la même manière – les filles en camisoles, pulls à capuchon et jeans ajustés; les garçons en t-shirts trop grand et jeans évasés. (Mis à part mon désastre détrempé au lait au chocolat, pas une paillette ou une plume en vue.) Certains d'entre eux étaient probablement dans mes cours du matin, mais j'étais trop occupée à scruter le plan de l'école pour me rappeler un seul visage. Mais soudain, je les aperçois, cachés dans la foule – il y a là-bas des gens que je reconnais.

Je me précipite vers la table où la fille blonde au visage familier grignote un sandwich et je m'exclame :

— Jennifer?

En quatrième année, Jennifer Perreault, Andréa Lee et moi étions toujours ensemble. Nous jouions à la marelle et faisions des concours sur les balançoires pour voir qui arriverait à toucher les branches de l'arbre avec ses orteils. Maintenant, Jennifer est un peu plus grande et beaucoup plus brillante (cheveux blonds brillants, lèvres roses brillantes, espadrilles argent brillantes) mais je suis presque certaine de la reconnaître.

— Jenny, c'est moi, Roxy. Tu te rappelles? Je peux m'asseoir avec vous?

C'est à peine si Jennifer lève les yeux.

— Roxane David. (Je précise pour l'aider, au cas où elle aurait oublié que j'avais changé mon nom.) Nous étions toujours...

— Oh, je me rappelle de Roxane, dit une autre fille assise à la table en roulant les yeux.

Ses cheveux roux foncé sont retenus en une queue-de-cheval lâche et ses sourcils sont presque entièrement épilés. Je l'examine de plus près. Est-ce *Andréa*? La timide et calme Andréa qui me suivait partout et qui faisait tout ce que je lui disais même si on la punissait pour ça? (C'est arrivé seulement une fois, je le jure.)

— N'était-ce pas la fille prétentieuse qui pensait toujours qu'elle allait devenir célèbre? laisse tomber la fille.

Jennifer sourit d'un air supérieur :

— Tu parles de celle qui a raté ton récital de piano parce qu'elle allait à une audition?

— Ouais, répond Andréa. Celle qui n'est pas allée à ta fête d'anniversaire parce qu'elle avait une audition.

Jennifer prend une gorgée de son eau vitaminée.

— Et ne nous a-t-elle pas laissé tomber lors d'une

présentation importante, celle qui valait à peu près la moitié de notre note, parce qu'elle...

— ... avait une audition, complète Andréa. Ouais, j'ai entendu dire qu'elle était revenue. Elle a complètement perdu les pédales, quelque chose comme ça. Elle a oublié son texte et gâché tout le spectacle.

Menteuse! C'est ce que je voudrais hurler mais je suis paralysée.

— J'ai entendu dire qu'elle s'ennuyait de ses parents et qu'elle s'est mise à pleurer sur la scène, en plein milieu de son gros solo, dit une fille que je ne connais même pas.

Menteuse, me dis-je encore. Même si je fais des spectacles depuis que j'ai trois ans et que je n'ai jamais eu le trac sur scène, je n'arrive pas à ouvrir la bouche.

Andréa hausse les épaules.

— Peut-être qu'ils l'ont congédiée parce qu'elle n'était pas très bonne.

Menteuse, me dis-je. Mais si elle avait raison?

N'est-ce pas ce que je pense au fond de moi? Les gens qui sont destinés à devenir des stars ne se font pas congédier. Ils ne deviennent pas « trop vieux » pour le rôle – ou quand ça arrive, on leur offre un meilleur. Mais je suis ici, sans aucun rôle.

Sauf celui de Roxy Davida, élève impopulaire de secondaire I.

Jennifer lève les yeux vers moi, faisant comme si elle venait de s'apercevoir que je suis là.

— Oh mon Dieu! s'exclame-t-elle en écarquillant les

yeux. Roxane, je veux dire, Roxy? C'est bien toi? C'est *super* de te revoir! Qu'est-ce que toute cette histoire de grande vedette? poursuit-elle en donnant un coup de coude à Andréa.

— Ouais, es-tu ici pour un grand spectacle? demande Andréa en ricanant. Est-ce qu'il reste des billets?

— Je dois... euh... dis-je en reculant lentement.

La pièce devient floue. Pas parce que je vais pleurer. J'ai tenu tête à des directeurs fous, à des chorégraphes impitoyables, à des critiques en colère – il me faut plus que deux anciennes amies pour me faire pleurer. Vision embrouillée ou pas.

— Excusez-moi. Il faut que j'y aille.

Je sors de la cafétéria en vitesse en faisant semblant de chercher les toilettes. Mais je vais plutôt me cacher dans la cage d'escalier du milieu, qui est déserte. Postée près de la rampe, je regarde les marches de béton qui descendent en essayant d'imaginer que je suis ailleurs. Je ferme les yeux. Je suis appuyée au garde-fou du Pont des Arts, la Seine coule en dessous et des cloches d'église sonnent au loin. Et ça fonctionne – tellement que je ne m'aperçois pas que la *vraie* cloche sonne ni que les élèvent affluent dans la cage d'escalier. Je ne remarque rien jusqu'à ce que quelqu'un se mette à crier, juste au-dessous de moi.

J'ouvre les yeux. Puis, alors qu'il est déjà beaucoup trop tard, je remarque trois choses très importantes :

1. Deux garçons debout à côté de moi, le long de la rampe, me montrent du doigt en bougeant les lèvres

silencieusement pour dire : « C'était elle! »

2. Deux berlingots de lait au chocolat sont posés sur la rampe à côté de moi.

3. En bas des marches, une fille détrempée et très en colère pousse des cris aigus tandis que du lait au chocolat dégouline de ses cheveux roux bouclés.

— Regarde ce que tu as fait! hurle-t-elle en me fixant. Ce que tu m'as fait!

— Ce n'est pas moi! dis-je alors qu'elle disparaît dans la foule. Je le jure.

Mais elle est déjà partie.

Aussitôt que la dernière cloche retentit, je me précipite au niveau sous-sol afin de trouver Mme Hardy et lui demander si je peux me joindre à la comédie musicale. Le local S12 est vide mais j'entends des voix étouffées derrière de grosses portes en bois. Je les pousse et me retrouve dans l'auditorium. L'obscurité est totale, à l'exception d'un seul projecteur à large faisceau éclairant un groupe de jeunes assis en cercle sur la scène.

Même si je veux courir, je me force à marcher lentement vers le cercle. J'adore la sensation des lattes en bois sous mes pieds et la façon dont les sièges dans l'auditorium disparaissent dans l'ombre du projecteur. Je peux imaginer un public, là, les yeux rivés sur chacun de mes mouvements.

Maintenant que je suis de retour en terrain familier,

tout va bien aller, me dis-je.

— Toi! lance une voix enragée.

Oups. C'est la fille au lait au chocolat.

— Écoute, je suis désolée, dis-je avec empressement. Tu es partie avant que j'aie le temps de t'expliquer que ce n'était pas…

— C'est une répétition privée pour les membres de la distribution, exclusivement, lance-t-elle d'un ton brusque. Au cas où ce ne serait pas assez clair, je te rappelle que *tu* ne fais *pas* partie de la distribution.

J'ai passé toute la journée à me taire; je suis un peu fatiguée de me laisser faire. Le théâtre est *mon* territoire et je n'ai plus peur de passer pour une imbécile. Je rétorque :

— Peut-être que je n'en faisais pas partie, mais heureusement pour toi, ce n'est plus le cas.

La fille se lève.

— Je suis présidente de la troupe de théâtre, ce qui veut dire que c'est moi qui décide ici, et je te demande de sortir. *Tout de suite.*

Une femme entre deux âges se lève. Elle a de longs cheveux blonds vaporeux et porte une robe-pull violette ample. Elle prend la parole en tapotant l'épaule de la fille.

— En fait, chère Marilyne, c'est *moi* qui décide ici. Mais bien sûr, lorsqu'on parle de *théâtre,* (elle prononce le mot avec un accent bizarre, en allongeant ses trois syllabes, thééé-âââ-trrrre) seules nos *émotions* décident. N'est-ce pas?

Les autres jeunes marmonnent en hochant la tête. Je suis certaine qu'ils pensent exactement la même chose que moi : cette femme est un peu timbrée.

Par contre, il se pourrait que cette femme un peu timbrée soit de mon côté.

La femme – j'imagine qu'il s'agit de Mme Hardy – se tourne vers moi.

— Alors, qu'est-ce que je peux faire pour vous, mademoiselle...?

— Davida, dis-je, Roxy Davida. Vous aimeriez sans aucun doute que je fasse partie de votre distribution.

— Eh bien, Roxy Davida, je suis désolée pour toi, mais tu as raté les auditions...

— Je suis nouvelle, dis-je d'une voix assurée. (Lorsqu'elle m'aura entendu chanter elle se moquera que j'aie raté les auditions ou pas.) J'étais en tournée internationale dans le spectacle *Bye Bye Birdie.*

Je sais que j'ai l'air de me vanter, mais sur scène, on n'appelle pas ça se vanter, mais décrocher le rôle.

À en croire l'expression sur les visages des autres élèves, on dirait qu'ils ne saisissent pas tout à fait la différence.

Les mains de l'enseignante flottent jusqu'à son cœur.

— Mon Dieu, une actrice!

Elle se tourne vers le groupe d'acteurs et claque bruyamment dans ses mains.

— Mes enfants, une véritable actrice arrive parmi nous!

Je ne sais pas à quoi elle s'attendait, mais rien ne se

produit. Les élèves se contentent de regarder fixement. Quelqu'un émet un petit rire moqueur.

— Dis-moi, Roxy Davida, quelle est ton expérience sur les planches, par cela j'entends (elle murmure de façon dramatique) le théâtre?

Heureusement pour moi, j'ai un exemplaire de mon curriculum vitae et des photos en très gros plan dans mon sac. En fait, ce n'est pas un *hasard* – je les ai toujours avec moi. Je les remets à Mme Hardy afin qu'elle voit exactement pourquoi elle ne peut pas se passer de moi dans son spectacle.

— Mme Hardy, tous les rôles ont déjà été distribués, se plaint la fille appelée Marilyne. Il n'y a plus de place.

— Il y a toujours de la place pour une vraie *actrice*, lui répond Mme Hardy.

— Mais ce n'est pas juste…

— Marilyne!

Le ton est doux et gentil mais le message est clair. Marilyne se tait.

— Marilyne a raison, enchaîne Mme Hardy. Tous les rôles de *Monstres en folie* ont été distribués…

J'ai la gorge qui serre, l'estomac qui se contracte.

— Mais étant donné ton expérience *professionnelle*, je suis certaine que nous pouvons te faire une place parmi nous.

Quelque chose d'énorme et de terriblement lourd me libère les épaules. Je vais être une star à nouveau, même si cela signifie jouer dans ce minuscule auditorium, dans cette ville misérable, dans ce spectacle amateur.

Même si cela signifie partager la scène avec cette fille, cette Marilyne. Pour la première fois, je commence à croire que tout va bien aller.

Jusqu'à ce que Mme Hardy lâche ces quatre mots terrifiants :

— Bienvenue dans le chœur.

☆ *Chapitre 4* ☆

Voici à quoi ressemble une journée typique en tournée avec une compagnie professionnelle internationale de style Broadway :

Lever à 7 h. Vêtements sales déposés à l'extérieur de la suite de l'hôtel pour la femme de chambre qui fera la lessive. Arrêt à une boulangerie locale pour avaler un croissant au beurre tout juste sorti du four, qui fond dans la bouche.

De 9 h à 10 h : cours de chant.

De 10 h à 12 h : cours de danse (lundi et mercredi : jazz moderne; mardi et jeudi : claquettes).

De 12 h à 13 h : courte pause pour le dîner (une baguette du jour aux tomates et mozzarella si je suis chanceuse, sinon une quiche congelée réchauffée dans le four à micro-ondes du théâtre).

13 h : répétition de dernière minute pour la nouvelle chorégraphie.

De 15 h à 19 h : tutorat

De 19 h à 19 h 45 : échauffement, habillage, maquillage, course folle dans les coulisses pour que tout soit prêt à temps.

19 h 45 : accueil de personnalités.

20 h : lever du rideau.

Retour à l'hôtel et coucher à 23 h 45 (le reste de la distribution sort pour faire je ne sais trop quoi qu'on ne me permet pas à moi). Et on recommence le lendemain.

Vous voyez, ce n'est pas comme si j'avais été en vacances pendant tout ce temps; je travaillais fort. Très fort. C'était le genre de travail qui donne de la corne aux pieds et des bleus aux genoux, qui éraille la voix et vous rend fou, tout ça alors que vous devez fixer les projecteurs et sourire en faisant semblant d'en adorer chaque instant.

Sauf que je n'ai jamais eu à faire semblant.

Voici à quoi ressemble une journée typique chez les David :

Lever à 7 h : ingestion de gruau sans nom, dégoûtant, que mes parents achètent parce que c'est moins cher que la marque populaire. Demandes faites à Anaïs – sel, jus, question sur la blouse verte ressemblant étrangement à celle qui a disparu de mon placard. Aucune réaction de sa part.

7 h 45 : autobus scolaire. Siège inoccupé juste derrière le chauffeur. Faire semblant de ne pas remarquer que tout le monde m'ignore. Après tout, c'est

mieux que les premiers jours quand on me lançait des boulettes de papier mâché dans les cheveux.

De 8 h 20 à 15 h : école. (Un seul mot : *ouache.*)

Après l'école il y a la répétition. Puis retour à la maison où on me traite comme une servante. Je dois laver mes vêtements! Laver ma vaisselle! Nettoyer ma chambre!

J'ai l'impression d'être Cendrillon. D'accord, mon horrible belle-sœur (qui-en-réalité-est-ma-vraie-sœur-pas-particulièrement-horrible, même si elle fait comme si on ne se connaissait pas) a aussi beaucoup de tâches à effectuer, ce qui ne semble pas la contrarier. Je ne sais pas comment elle fait.

Je ne supporte rien. Ni l'horrible nourriture, ni les professeurs ennuyants à mourir et surtout pas la vaisselle.

Les répétitions pour *Monstres en folie* devraient être un rayon de soleil dans toute cette grisaille. Et elles le seraient peut-être s'il n'y avait pas l'originale Mme Hardy et sa très loyale subordonnée, Marilyne.

Mme Hardy fait comme si elle était née sur les planches, mais je suis presque certaine que c'est de la frime. Ses mises en scène sont maladroites et ses chorégraphies sont ridicules. Sans compter qu'elle parle constamment de son acteur de mari, David Hardy, comme s'il était la prochaine grande star – même si selon la rumeur, il travaillerait dans la cuisine du restau *Au Coin du chili* où on le laisse faire son spectacle solo les dimanches soirs pendant le souper.

Je n'ai rien contre le spectacle en soi. J'aime la musique et l'histoire est plutôt drôle. En résumé, *Monstres en folie,* c'est l'histoire d'une guerre entre des monstres; les vampires contre les zombies qui eux sont contre les loups-garous, sauf qu'au lieu de s'entretuer les monstres chantent et dansent. Du moins jusqu'à ce qu'une splendide jeune fille, jouée par Marilyne bien entendu, amène la paix au royaume des monstres et ils vivent heureux jusqu'à la fin des temps. Ou aussi heureux qu'il est possible de vivre quand on est un mort vivant condamné à errer et à manger des cervelles, à boire du sang ou à se laisser pousser les poils du nez à la pleine lune. Les autres jeunes n'ont pas, vous comprenez, l'étoffe d'une star, mais la plupart ne sont pas mal. Je sais que si Mme Hardy prenait mes suggestions au serieux, nous pourrions probablement monter un super bon spectacle.

Mais Mme Hardy n'est pas intéressée.

Le jour de la première répétition, je lui ai dit :

— Vous ne croyez pas que ce serait mieux si les zombies entraient côté jardin?

— Ton rôle n'est pas de penser, m'a-t-elle répondu de sa voix douce et légère, mais de *jouer.*

— Il y avait aussi une scène de foule dans *Bye Bye Birdie,* lui ai-je dit quelques minutes plus tard, et tout le monde se heurtait, comme ça, jusqu'à ce que le chorégraphe propose de...

— Chaque spectacle comporte sa part de tâtonnements et de tribulations qui lui sont propres, a-t-elle répliqué. Et c'est notre travail à nous tous d'y faire face dans le présent et non pas dans le passé.

Et plus tard, j'ai suggéré :

— Peut-être que si nous changions le ton du solo de Marilyne, elle arriverait à chanter les notes aiguës. Nous avons fait quelque chose comme ça pour la fille qui jouait Kim dans...

— Merci chère Roxy, a dit Mme Hardy. Nous sommes trop chanceux d'avoir avec nous une ressource aussi précieuse qui possède tant de connaissances théâtrales...

Ensuite, elle m'a tourné le dos. Message : Non merci.

— Marilyne, as-tu la gorge irritée? demande avec zèle une fille aux tresses d'un blond brillant. Tu veux que je t'apporte quelque chose à boire?

— Est-ce que tu aimerais du thé? propose une fille habillée presque de manière identique, mais avec des tresses brunes. Nous pouvons aller en chiper dans la salle des professeurs.

— Parfait, approuve Marilyne sans les regarder.

Elle se replonge dans son solo. Les deux filles filent en me jetant des regards identiques au passage.

Cette fois-ci, avant que la voix de Marilyne puisse se casser, elle oublie son texte.

— Vous savez, dans *Bye Bye Birdie*, nous avons gardé le texte jusqu'à ce que tout le monde soit presque parfait, alors nous n'avons pas eu de problème...

Mme Hardy laisse échapper un soupir sonore.

— Roxy, peut-être pourrais-tu transmettre ta sagesse aux membres du chœur pendant que Marilyne et moi travaillons sur cette chanson?

— Traduction : Cesse de nous déranger et va voir les empotés qui n'ont pas l'oreille musicale dont tu fais partie, chuchote Marilyne assez bas pour ne pas que Mme Hardy l'entende.

C'est comme ça qu'on me remercie.

— Marilyne est tellement *adorable*, n'est-ce pas? murmure quelqu'un tandis que je m'affale dans un siège de la première rangée où se trouve le reste du chœur.

Je laisse échapper un petit rire moqueur.

— Je m'appelle Kira Wang, dit en souriant la fille assise à côté de moi.

Je l'ai vue dans quelques-unes de mes classes. Elle est petite et ses cheveux noirs mi-longs sont ramenés en arrière avec un foulard aux couleurs vives.

— Empotée sans oreille musicale, répète-t-elle en me tendant la main.

— Roxy Davida, dis-je en lui serrant la main. Je suis nouvelle ici. Je...

— Oh, je sais! laisse-t-elle tomber. Tu étais en tournée. Avec *Bye Bye Birdie*, et avant ça, avec *Les Misérables*, et .... (Elle rougit.) Je... euh... j'ai jeté un œil sur ton curriculum vitae. Tu sais, celui que tu as remis à Mme Hardy. Je n'ai pas pu résister. Tu trouves ça bizarre?

Elle répond avant que je puisse dire quoi que ce soit :

— OK, c'est un peu bizarre, mais, je suis moi-même un peu bizarre, alors, ça se comprend.

— Ce n'est pas très bizarre, dis-je pour la rassurer. Mais pourquoi est-ce que ça t'intéresse?

— Tu *plaisantes*? s'exclame-t-elle, les yeux exorbités. Tu veux qu'on parle de la vie excitante que tu as menée en comparaison à l'existence que nous, les malchanceux, sommes forcés de mener ici, dans ce trou perdu, cet horrible néant?

Elle se crispe alors que sur scène la voix de Marilyne vient de se casser sur une note aiguë.

— Tu donnerais sans doute n'importe quoi pour repartir en tournée, n'est-ce pas?

Je hausse les épaules. Bien sûr, mais je ne veux pas l'avouer à une parfaite inconnue. Surtout que cette histoire de congédiement me gêne un peu.

— Passer du temps à la maison n'est pas si mal, dis-je. Et faire partie de *Monstres en folie* sera... euh... amusant.

Kira hausse les épaules avec un air complice.

— Ouais, tu as raison. Je suis certaine que tu adores faire partie du chœur tandis que Velma Kelly là-bas monopolise les projecteurs.

— Velma Kelly?

— Oui, comme dans *Chicago*? souffle Kira. L'insupportable diva qui ne souhaite qu'une chose : être une star.

— Non, je sais de qui tu parles, je suis seulement...

— Tu es surprise que je la connaisse? fait Kira en

levant les sourcils. Croyais-tu être la seule ici à connaître les comédies musicales?

Euh... oui. Mais je mens :

— Non, dis-je. Mais la plupart des personnes de notre âge qui aiment les comédies musicales n'en ont que pour *Le Roi Lion*, ou les spectacles de ce genre, non?

Kira roule les yeux.

— Oh, je le sais fort bien, répond-elle en secouant la tête. Tu ne peux pas savoir à quel point Elton John me donne envie de vomir. Et je ne te parlerai pas de Stephen Schwartz. Voyons, il a écrit *Godspell*! Et tout à coup, tout ce qu'il peut faire, c'est *Wicked*? Est-ce vraiment nécessaire que toutes les chansons se ressemblent?

Je décide de ne pas mentionner que j'ai adoré *Wicked*. Je ne veux pas gâcher ma première conversation intéressante de la semaine.

— Alors tu te passionnes vraiment pour le sujet, dis-je.

— Sinon, pourquoi est-ce que je me soumettrais à cet exercice chaque année? réplique Kira. (Elle ouvre les bras en direction de la scène puis secoue la tête.) J'imagine que je devrais me taire puisque je n'ai *aucun* talent. Un vrai metteur en scène ne me laisserait même pas participer à la production. Heureusement pour moi, Mme Hardy n'a pas tout à fait... le calibre de Broadway.

— Encore une fois, ma petite Marilyne, lance alors la metteure en scène à sa vedette. Les autres, préparez-vous pour le cercle d'énergie! ajoute-t-elle en jetant un œil vers le chœur.

Kira et moi grognons en chœur.

Au début de la répétition, Mme Hardy nous a fait tous asseoir en cercle sur la scène en nous tenant par la main.

— Laissez l'énergie qui voyage autour du cercle vous imprégner de l'esprit du théâtre, a-t-elle dit.

Ensuite, elle a pressé la main de Marilyne. Marilyne a pressé celle de la fille assise à côté d'elle, qui a pressé la main de la personne suivante, et ainsi de suite.

— Fermez les yeux et aspirez l'énergie de vos collègues, a débité Mme Hardy en fermant les yeux et en renversant la tête, visage levé vers le plafond. Vous *êtes* le cercle, vous *êtes* la scène.

Ensuite, elle a tapé deux fois dans ses mains pour annoncer :

— Maintenant, allons monter notre spectacle!

Je ne peux pas croire que je dois refaire tout ça.

— Elle est sérieuse?

Je marmonne ma question en me demandant si je pourrais me cacher sous mon siège sans que Mme Hardy le remarque.

— Tous les jours, deux fois par jour, répond Kira. Bienvenue dans le merveilleux monde du théâtre musical de Valmont mettant en vedette l'ancienne hippie préférée de tous et sa fidèle disciple Marilyne Cherrier.

— J'imagine qu'elle a déjà fait partie d'autres productions? dis-je.

— Oh, s'il te plaît! Marilyne Cherrier *est* le spectacle;

à tout le moins, c'est ce qu'elle croit, observe Kira en secouant la tête. Qui va lui faire concurrence? Lili et Lulu?

Elle désigne les deux filles qui s'étaient précipitées pour offrir une tasse de thé à Marilyne.

— Ce sont des sœurs? dis-je.

Elle secoue la tête.

— Elles aimeraient bien. Ce sont Émilie et Anne-Luce, alias Lili et Lulu, alias on est meilleures amies pour la vie nananananana, minaude-t-elle d'une voix aiguë. Elles font à peu près tout ce que Marilyne dit parce qu'elles pensent ainsi obtenir d'elle de meilleurs rôles. Marilyne a probablement ce pouvoir puisqu'elle a Mme Hardy dans sa poche. Alors si Marilyne t'aime…

— *Si?* fais-je en éclatant de rire.

— D'accord. Puisque Marilyne ne t'aime pas, tu peux être certaine que Lili et Lulu vont faire comme si tu étais un truc visqueux sur lequel elles ont accidentellement posé le pied.

Pendant que nous attendons que Mme Hardy nous invite à faire le cercle, Kira me raconte les hauts et les bas (surtout des bas, selon elle) du reste de la distribution. Cela inclut Marc Carignan qui ne porte jamais de déodorant, ce qui fait de lui le partenaire le moins désirable dans une chorégraphie. Il y a aussi Sharon Rivard qui joue toujours la mère de quelqu'un et Amanda Craig, qui rêve de jouer dans un téléroman un jour, même si elle est tellement timide qu'elle n'a jamais auditionné pour un rôle parlant.

— Alors on potine avec la petite nouvelle qui saura tout sur nous? demande un garçon maigrichon qui vient d'apparaître derrière nous.

Une fille aux cheveux bruns hérissés portant de grosses boucles d'oreilles violettes s'assoit à côté de lui.

— Est-ce qu'elle est rendue au plus important? me demande-t-elle. À nous?

— Je garde le pire pour la fin, répond Kira en clignant de l'œil.

Le garçon fait un grand sourire.

— OK, mais qui sera véritablement le pire de nous deux, elle ou moi?

Il pose son menton sur son poing et nous regarde d'un air triste.

— N'oublie pas que je ne gagne jamais rien alors tu devrais avoir pitié et me choisir, ajoute-t-il.

Kira roule les yeux.

— Roxy Davida, superstar internationale, je te présente Jade et Sam. Ou si tu préfères, Bizarre et Bizarroïde.

— Salut, dis-je.

Je me sens ridicule. Mais je ne sais pas quoi dire. Je ne me suis pas fait de nouveaux amis depuis la troisième année.

— Allez, nous sommes les seules personnes normales ici, déclare Sam, alors arrête de mentir à la nouvelle.

— Nous? fait Jade en écarquillant les yeux. Ordinaires?

Kira hausse les épaules.

— Pourquoi se contenter de l'ordinaire? dit-elle.

C'est bizarre d'entendre l'expression favorite de grand-tante Sylvia de la bouche de cette fille. Bizarre et plaisant.

— Alors est-ce que tu lui as parlé de notre tombeur de filles en résidence? demande Sam.

Il montre du menton un garçon, petit et maigre, avec des cheveux noirs ébouriffés et un sourire trop sûr de lui, et autour de qui s'agitent Lili et Lulu.

— J'ai entendu dire que *certaines* filles le trouvent irrésistible, ajoute Sam en donnant un coup de coude à Jade.

Les joues de Jade deviennent rose vif.

— J'ai entendu dire que *certains* gars ne devraient jamais rater une occasion de se taire, rétorque-t-elle.

— Lui, un tombeur de filles? fais-je, étonnée.

Il n'est pas laid, mais sans plus. J'ai vu beaucoup de garçons bien plus beaux que lui à l'école – pas que ça m'intéresse, mais juste comme ça.

— C'est ce que je disais, commente Sam en contractant un biceps inexistant.

— Comme tu l'as sans doute remarqué, il n'y a pas beaucoup de gars à l'école qui veulent faire partie de la comédie musicale, observe Kira.

Je n'avais pas vraiment remarqué, mais je me rends compte qu'il n'y a effectivement que trois ou quatre garçons dans toute la distribution.

— Et Antoine est sans contredit le meilleur de

tous…

— Hé! lance Sam qui a l'air blessé.

— Sam, tu chantes encore plus mal que moi, soutient Kira. Je ne croyais même pas que c'était possible avant de te rencontrer.

— C'est vrai, admet-il. J'ai passé l'audition seulement parce que Jade me l'avait demandé.

Ce disant, il la regarde et j'ai soudain la conviction qu'il ferait à peu près tout ce que Jade lui demande, mais elle ne remarque rien. Elle a toujours les yeux rivés sur Antoine.

Kira intercepte mon regard et hausse les épaules.

— Comme je le disais, enchaîne Kira, la plupart des filles ont un faible pour lui seulement parce qu'il peut chanter sans fausser.

— La plupart des filles… mais pas toi?

Kira se lève alors que Mme Hardy nous fait signe d'approcher pour le cercle d'énergie.

— Il est du genre Conrad, réplique-t-elle.

— J'imagine que tu parles de Conrad Birdie dans *Bye Bye Birdie*? dis-je.

— Tu as tout compris, répond Kira. Plutôt bête, extrêmement prétentieux et pas du tout mon genre.

— Allez, les enfants, on forme un cercle, lance Mme Hardy.

Je n'ai pas envie de me lever. Je suis bien ici, assise en compagnie de Kira et ses amis. Avec un peu d'imagination, j'arrive presque à croire que je suis une des leurs. Mais ils sont gentils avec moi juste parce que je suis la nouvelle. Il ne faut pas rêver. Le spectacle, par ailleurs, est réel. Peut-être n'ai-je jamais fait partie d'un groupe comme celui-ci, mais je fais bel et bien partie d'une distribution. Et ça m'a toujours suffi.

— Vos camarades de théâtre sont vos bouées de sauvetage, déclare Mme Hardy tandis que nous formons le cercle. Des bouées d'énergie qui vous maintiendront à la surface.

Tandis que tous ferment les yeux, Kira croise mon regard et me tire la langue. Je dois me mordre l'intérieur des joues pour m'empêcher d'éclater de rire.

— Le thé-â-tre c'est comme la vie, mes enfants, dit Mme Hardy d'une voix monotone. On a tous besoin des autres.

Je crois toujours qu'elle est un peu fêlée. Mais – je jette un œil en direction de Kira – je dois avouer qu'elle a peut-être raison sur ce point.

La matinée suivante se déroule sans catastrophe majeure. Il se peut que je sois sous l'influence de la magie du théâtre, car j'arrive à ouvrir mon casier à la troisième tentative (un record), je ne me perds qu'une seule fois en me rendant en classe et je parviens à passer toute une période d'éducation physique à jouer à la balle molle sans être au bâton. On dirait que la journée sera un peu moins terrible.

Puis vient le cours d'anglais.

— *Do you understand?* demande Mme Johnson à la classe après un long discours aux mots incompréhensibles.

Nous hochons la tête bien que je sois convaincue que personne n'a *understandé* quoi que ce soit. Heureusement, elle répète le tout en français.

— Divisez-vous en groupes de deux ou trois et écrivez un sketch en utilisant le vocabulaire sur la température que nous avons appris aujourd'hui. Je vous laisse vingt minutes, ensuite vous nous présenterez vos numéros.

La classe s'anime. Sans quitter leur chaise, les élèves se dévissent le cou pour choisir leur groupe. Je reste à ma place dans l'espoir que quelqu'un va me choisir.

Personne ne se présente.

Quand les enseignants vont-ils comprendre que choisir son propre groupe est une torture cruelle et inhumaine?

— Oh, tu vas travailler seule, Roxy *darling*? demande Mme Johnson, une fois que le reste de la classe a fini de former des groupes. Ça ne devrait pas te causer de problème, ajoute-t-elle avec un petit rire nerveux. J'espère que le cours n'est pas trop lent pour toi.

Mme Johnson m'a aimée dès qu'elle a su que j'avais participé à une tournée internationale. Elle a déclaré que mon accent était parfait. Pas étonnant, la seule chose qu'elle m'a jamais entendu dire, c'est : « *Hi, my name is Roxy* ». Ensuite, c'est surtout elle qui a parlé.

Je lui réponds en marmonnant :

— Le cours est parfait, madame Johnson. C'est, euh, *very good.*

Son visage s'éclaire d'un large sourire.

— *Yes, yes, very good.*

Puis elle raconte un tas de choses que je ne comprends pas. Je me contente de sourire en hochant la tête jusqu'à ce qu'elle s'éloigne.

Je m'écrase sur ma chaise, les yeux rivés sur mon cahier, essayant d'imaginer comment je pourrais faire un sketch sans partenaire. Quelques bureaux plus loin, j'entends Marilyne donner des ordres à ses coéquipiers. « Non, faites-moi confiance, dit-elle, je sais ce que je fais. »

Même si elle mène les autres par le bout du nez, je voudrais qu'elle soit dans mon groupe parce que je ne sais pas du tout ce que je fais. N'importe quoi serait mieux que travailler toute seule.

Un instant, ça me rappelle quelque chose : Je suis toute seule...

Comme dans *Mon Histoire*, ma chanson préférée des *Misérables*. C'est aussi celle que j'ai apprise, *in English*, pour une représentation à Londres. Il me semble qu'on y parle de pluie. Et c'est justement un mot appartenant au vocabulaire de la météo.

Je me mets à écrire tous les mots dont je me rappelle. Ça pourrait fonctionner.

— *Time's up!* annonce Mme Johnson. C'est l'heure. Maintenant, qui veut passer en premier?

Marilyne s'empresse de lever la main. L'enseignante lui adresse un petit sourire.

— Marilyne, bien sûr. Et doit-on nous attendre à un autre grand spectacle à la Broadway aujourd'hui?

— *Of course*, répond Marilyne en entraînant le reste de son groupe devant la classe.

Of course. Je suis pas mal certaine que ça veut dire « bien sûr ». Mon estomac se serre. Si Marilyne fait toujours un numéro de style Broadway, Mme Johnson va peut-être croire que je la copie. Pire : il se pourrait que Marilyne le croie.

Marilyne entonne la chanson. Elle chante juste mais son accent est terrible. (Même moi je sais qu'en anglais ça veut dire terrible.) *I got a horse right here, his name is Paul Revere.* Je ne comprends aucun des mots, bien entendu, mais je reconnais la mélodie. *Guys and Dolls* est une de mes productions préférées.

Son couplet terminé, Marilyne donne un coup de coude à une de ses partenaires, une fille aux cheveux châtains qui, si elle en avait le choix, irait se terrer sous un pupitre. Mais elle ouvre la bouche et bredouille quelques paroles en chantant d'une voix fausse et grinçante : *And here's a guy that says if the weather's clear...*

Lorsque les trois finissent leur numéro, il y a une longue pause et puis quelques personnes applaudissent. Mais pas Mme Johnson.

— Charmant, comme toujours, dit-elle. (Elle plisse le front.) Et c'était tiré de quoi? Du *Fantôme de l'opéra*, peut-être? De *La Mélodie du bonheur*?

Je ne saurais dire si Marilyne est sur le point d'éclater de rire ou de crier.

— Blanches colombes et vilains messieurs, répond-elle. Vous connaissez : « J'ai un cheval ici, il s'appelle Paul Revere » ?

— Oui, oui, fait Mme Johnson qui a l'air complètement perdue. Bon, quelques temps de verbe étaient mauvais et nous devons travailler ta prononciation, mais en général c'est du beau travail.

Rayonnante, Marilyne retourne à sa place. Les autres membres du groupe s'assoient derrière elle en échangeant un regard qui en dit long. Je crois bien que la prochaine fois ils vont travailler avec quelqu'un d'autre.

Les autres numéros ne sont guère mieux. Amanda Craig, de la distribution de *Monstres en folie*, exécute une scène tirée de la pièce avec Sharon Rivard et quelques autres élèves. Ils font semblant de faire partie d'un feuilleton anglais. Amanda joue une vedette qui a perdu la voix – afin, j'imagine, de n'avoir rien à dire – tandis que Sharon joue sa mère. (J'ai tellement hâte de dire à Kira qu'elle avait raison. Sharon joue toujours la mère de quelqu'un, même pendant le cours d'anglais.)

Antoine est aussi dans ma classe. (Quelle chance!)

— *I have*… euh…euh… *the* faim! lance-t-il.

Son équipe, qui comprend certains des garçons de l'épisode du lait au chocolat dans l'escalier, fait un numéro nul sur un barbecue gâché par la pluie. Mais Antoine n'arrive pas à bien prononcer quoi que ce soit. (Étonnant, non?) Lorsqu'il oublie le mot anglais, il lance un mot français.

— Hé, donne-moi le hamburger. Euh… please.

Comment dit-on « nullard » en anglais?

— Suivant? fait Mme Johnson en promenant son regard autour de la classe.

J'essaie de disparaître.

— Ah, *marvellous*, Roxy!

Je soupire et me dirige lentement devant la classe en espérant que ça ne sera pas trop désastreux.

— C'est une chanson qui a pour titre *Mon Histoire*, dis-je. Mais en anglais, ça s'appelle *On My Own*. Je suis toute seule.

Tandis que j'entonne la chanson, toutes les paroles que j'avais apprises en anglais me reviennent. Ça commence par : *And now I'm all alone again, without a friend.*

Ça veut dire : Je suis toute seule encore une fois sans une amie.

La chanson raconte l'histoire d'une fille qui marche seule dans les rues de Paris, la nuit, en s'imaginant une autre vie. Elle adore la pluie parce qu'elle transforme le monde en quelque chose de magnifique. Mais chaque matin, la réalité la rattrape. Son imagination n'est qu'imagination. La pluie n'est que de la pluie. Et elle est toujours seule.

Tandis que je chante, j'oublie tout ce qui m'entoure. J'essaye d'imaginer que je suis cette fille, seule, rêvant d'une vie meilleure.

Ce n'est pas si difficile.

Lorsque les applaudissements retentissent, j'oublie presque où je suis et je fais un salut comme si j'étais sur une vraie scène.

— *Marvellous!* s'écrie Mme Johnson en applaudissant à tout rompre.

Sa tête sautille tandis que ses bras osseux battent comme des ailes.

— *Very good! Very good!* dit-elle d'une voix aiguë. Chaque mot était parfait! Marilyne, la prochaine fois vous pourriez peut-être travailler ensemble Roxy et toi. Elle pourrait t'aider avec la prononciation.

Marilyne me jette un regard furieux. Comme si elle ne me détestait pas assez déjà.

Aussitôt que la cloche sonne, Marilyne s'éclipse. Je m'empresse d'aller la retrouver.

— J'ai aimé ton numéro de *Guys and Dolls*, dis-je.

— Ouais? fait-elle en fronçant les sourcils. Tu es bien la seule. J'imagine qu'on ne peut pas tous être *marvellous*, hein?

— Tu sais, ma prononciation était bonne seulement parce que je connaissais déjà les paroles. J'ai utilisé ce que j'avais appris en tournée.

Marilyne roule les yeux.

— Ce n'est pas nécessaire de te vanter de ta tournée chaque fois que tu ouvres la bouche. Tout le monde sait que tu es une grande vedette.

— Je ne me vantais pas! J'essayais simplement d'être gentille. Je n'aurais pas dû, de toute évidence.

Pendant une fraction de seconde, Marilyne a presque l'air navrée. Et puis, Mme Johnson fonce sur nous.

— Roxy *darling, please,* viens me voir après l'école. J'aimerais que tu chantes ta chanson à titre de représentante du département d'anglais au Festival des nations qui aura lieu la semaine prochaine.

Marilyne prend un air renfrogné.

— C'est *moi* qui suis censée représenter le département d'anglais, observe-t-elle. Je vous l'avais demandé en octobre, vous vous souvenez? Et vous aviez répondu que je pourrais.

Mme Johnson marque une hésitation.

— Ah... alors vous pourriez peut-être travailler ensemble. Je suis certaine que Roxy aura besoin d'aide. Nous en reparlerons plus tard.

Elle se volatilise avant que nous puissions ajouter quoi que ce soit.

Je m'empresse de proposer :

— Tu peux toujours le faire si tu veux. Ça ne me fait rien. Je ne sais même pas ce qu'est le Festival des nations.

— Ce n'est rien, laisse tomber Marilyne. Juste une autre occasion de montrer ton *talent* à tout le monde. Tu vas adorer.

— Qu'est-ce que tu en sais? dis-je d'un ton brusque. Tu ne me connais pas du tout.

— Je sais que tu te crois meilleure que moi, réplique Marilyne. Tu crois que ton destin est de devenir une grande star et que je suis rien de rien.

Je ne dis rien.

— Mais dans cette école, c'est moi la star, poursuit-elle.

Je ne peux m'empêcher de répondre :

— Pour le *moment*.

Marilyne rougit. Elle prend quelques inspirations profondes. Et lorsqu'elle parle, sa voix est calme. Elle est peut-être meilleure actrice que je l'avais cru.

— On se verra à la répétition, lâche-t-elle. J'espère que tu t'amuses dans le *chœur*.

Il se trouve que le Festival des nations est la « célébration des cultures du monde » de l'école. Ce qui n'explique pas grand-chose, mais je ne pose pas de questions. Tout ce que je souhaite c'est sortir de la classe de Mme Johnson au plus vite. J'accepte de le faire – qu'importe ce que c'est – et même si cela veut dire que je devrai chanter en duo avec Marilyne. Puis je fonce à la répétition.

Marilyne me lance un regard furieux quand j'entre en douce avec quelques minutes de retard, puis ne m'adresse pas la parole pendant le reste de l'après-midi.

Lorsque nous terminons le deuxième cercle d'énergie, Mme Hardy nous arrête avant que nous partions.

— Avant de partir, mes génies artistiques, dit-elle, une représentante de l'association parents-enseignants va faire quelques annonces. (Elle fait entrer une femme rousse et ronde.) Madame Cherrier, la scène est à vous.

Je me penche vers Kira et lui murmure à l'oreille :

— Cherrier? Comme dans Marilyne Cherrier?

Kira hoche la tête.

— Telle mère, telle fille, déclare-t-elle.

— Que veux-tu dire?

— Tu verras.

Mme Cherrier explique que l'association parents-enseignants va contribuer à la vente des billets et vendre des espaces publicitaires dans le programme de *Monstres en folie*.

— Comme vous le savez, l'association finance habituellement les costumes de la distribution. Malheureusement, comme la campagne de financement a connu un recul, nous pourrons seulement offrir des costumes aux personnages principaux cette année.

— Et les autres, ils ne porteront rien? lance Antoine.

Lili et Lulu qui sont assises à ses côtés gloussent. Il leur tape dans la main.

— Le spectacle repose sur les premiers rôles, poursuit Mme Cherrier. Par exemple, la star de votre production, la très talentueuse Marilyne Cherrier, a besoin d'un costume pour se démarquer. N'est-ce pas Marilyne?

Marilyne devient écarlate et fixe le sol.

Mes yeux croisent ceux de Kira.

— Quel est le contraire de Mini moi? chuchote Kira.

Je hausse les épaules :

— Maxi moi?

— Voilà, c'est ce qu'elle est... une Maxi Marilyne!

Je pouffe de rire en lui faisant signe de se taire.

— Si vous faites partie du chœur, vous devrez

malheureusement confectionner votre propre costume, enchaîne Mme Cherrier.

— Je suis content de ne pas faire partie du chœur, déclare Antoine. Je ne sais pas coudre.

Lili et Lulu gloussent plus fort.

— Il n'est pas nécessaire que votre costume soit parfait, observe Mme Cherrier. De toute façon, le public va regarder les personnages principaux.

Même si le ton est gentil, la remarque est blessante. Parce que je sais qu'elle a raison. Lorsque le rideau se lèvera, personne ne me regardera. Tous les yeux seront tournés vers Marilyne. *La star.*

Puis Mme Cherrier sort une grosse pile d'enveloppes de son sac à main.

— Veux-tu que je les distribue pour toi, ma chérie? demande-t-elle à Marilyne.

— *Mamaaaan.*

On dirait que le mot compte six syllabes à la façon dont Marilyne le prononce.

— Je te retrouve à la voiture, d'accord?

— OK, mais fais vite, nous sommes en retard pour ton cours de danse, répond sa mère.

Lorsque sa mère a quitté, Marilyne distribue les enveloppes à plusieurs membres de la distribution. Pas à tout le monde – seulement à ceux qui jouent un rôle important.

— C'est la semaine prochaine, murmure-t-elle à Lili en s'assurant qu'on l'entend. Mais n'en parle à personne car je ne pouvais pas inviter tout le monde. Tu sais comment ça se passe, ajoute-t-elle en lançant un regard à Kira et à moi, certaines choses sont strictement réservées aux *premiers* rôles.

Je demande à Kira :

— De quoi s'agit-il?

Elle hausse les épaules.

— Ça t'intéresse?

— Bien sûr que non.

Je *veux* surtout être indifférente au fait que Marilyne ne m'a pas invitée à son stupide je-ne-sais-quoi. Ou au fait que je devrai faire mon propre costume. Ou au fait que je suis simplement dans le chœur, avec des gens comme Kira qui, bien qu'elle soit fantastique, chante horriblement faux. Je veux être indifférente à tout cela.

Mais c'est plus fort que moi : je n'y arrive pas.

.

Chapitre 5

— Voyons maman, tu ne vas pas m'obliger à aller à cette chose, hein? pleurniche Anaïs.

Comme nous sommes déjà dans la voiture, à mi-chemin, il y a peu de chances que maman plaisante.

Juste au cas où, je fais observer :

— Si elle n'est pas obligée d'y aller, tu ne devrais pas m'y forcer non plus.

— C'est assez! lâche maman d'un ton sec.

Anaïs et moi échangeons un regard. Maman devient un peu grincheuse au volant. (Mais c'est encore pire quand papa conduit, ce qui explique pourquoi il est assis à la place du passager.)

— Roxy, tu vas au Festival des nations parce que tu l'as promis à ton enseignante. Et Anaïs, tu y vas pour soutenir ta sœur.

— Ouais, comme si je ne l'avais jamais entendue chanter de ma vie, ronchonne Anaïs. C'était quand la dernière fois qu'elle a assisté à une des mes parties de soccer? Oh, c'est vrai. Elle n'est jamais venue.

Je lui lance un regard furibond.

— Peut-être que si tu n'étais pas aussi…

— Les filles! explose maman. Est-ce possible de faire le trajet dans le calme et la bonne humeur? Faites semblant de vous entendre, juste quelques minutes.

— Vous verrez, ce sera une merveilleuse expérience éducative, déclare papa sur un ton laissant entendre qu'il aimerait être à la maison en train de regarder la télévision. Et nous aurons tous tellement de plaisir à célébrer les cultures du monde entier.

— Ne les encourage pas, prévient maman. (Mais dans le rétroviseur j'aperçois l'esquisse d'un sourire.)

Dès que nous arrivons à l'école, Anaïs se sauve pour aller trouver des amis. *Super*, me dis-je, en entrant dans le bâtiment encadrées de mes parents. *Elle ne va même pas à cette école et elle y a plus d'amis que moi.*

— Tu pourrais donner une chance à Anaïs, tu ne crois pas? dit maman d'une voix calme.

— Moi? fais-je. Lui donner une chance?

— Tu lui as manqué quand tu étais partie, répond-elle. C'était difficile pour elle.

C'était difficile pour moi aussi, me dis-je. Mais il est préférable de ne pas discuter quand maman est d'humeur à jouer à la grande sage.

— Et elle a beaucoup changé, ajoute-t-elle.

Je laisse échapper un petit rire.

— Sans blague!

— Toi aussi tu as changé, fait observer papa d'une voix douce. Il vous faudra peut-être une période d'adaptation à toutes les deux pour vous retrouver.

— Est-ce que vous lui faites aussi le même discours? dis-je.

Maman fait une pause.

— Tu es l'aînée, dit-elle. Et un peu plus mature j'espère.

D'accord. Mais dans ce cas-ci, ce n'est pas moi qui ai un problème. Il se passe quelque chose de bizarre dans la tête d'Anaïs et ce n'est pas en me parlant que les choses vont s'arranger.

Si je n'avais pas passé les deux dernières années à parcourir le monde, le Festival des nations ne me paraîtrait peut-être pas aussi pathétique.

Mais j'en doute.

Les tables de la cafétéria ont été poussées sur les côtés pour faire place à une série de stands affichant chacun le drapeau d'un pays. Les élèves du stand de l'Italie offrent des mini pizzas sur bagel. Ceux de la Grèce drapés dans des toges de leur confection récitent des scènes de l'Odyssée. Mes parents et moi nous arrêtons net au stand du Mexique, bouche bée devant les élèves coiffés de sombreros qui nous offrent des bouchées tortilla réchauffées au micro-ondes.

— C'est censé représenter la culture mexicaine? s'étonne papa qui a l'air à la fois amusé et horrifié.

Maman roule les yeux.

— On dirait que cela nous a échappé la dernière fois que nous y sommes allés.

Je suis allée deux fois au Mexique; une fois avec ma mère pour visiter quelques cousins qu'elle n'avait pas vus depuis qu'elle était toute petite, et une fois avec toute la famille pour un mariage.

Et lors de ces deux voyages on ne nous a jamais servi de telles bouchées.

— Alors, est-ce que ça veut dire que nous pouvons rentrer à la maison maintenant?

Ma voix est remplie d'espoir. Ma mère me regarde de cet air bien à elle qui veut dire « tu peux toujours essayer ».

— Si tu n'es pas satisfaite, l'an prochain tu devrais offrir ton aide pour organiser le festival.

— Euh, ouais. Peut-être.

Aucune chance. L'an prochain à pareille date je serai partie depuis longtemps. De retour sur les planches, en tournée. De retour dans le monde réel où pizza italienne et bagel ne se conjuguent pas.

Je laisse mes parents à leur chocolat chaud suisse et pars à la recherche de Mme Johnson. Je veux lui montrer les cartes de sous-titres que j'ai confectionnées pour avoir son appréciation. (Elles ressemblent à des cartons aide-mémoire, mais au lieu de montrer mes couplets, elles présentent les paroles de la chanson en français. Ainsi, les spectateurs comprendront ce que Marilyne et moi chantons.)

— Tu ne dis pas bonjour à ton kiwi préféré? lance Jade au moment où je passe devant le stand de la Nouvelle-Zélande.

— Allez, fait Sam sur un ton blagueur, dis bonjour à l'ancienne nouvelle.

La fille qui se tient entre eux – celle qui est couverte de plumes brunes des pieds à la tête avec un bec géant en carton accroché au visage – pousse un cri rauque peu convaincant.

Je pouffe de rire :

— Kira? Qu'est-ce que tu fais là?

— C'est pour avoir des points supplémentaires, OK? grogne-t-elle en jetant un regard furieux à Jade et Sam. Ça aurait pu être pire – je pourrais être un kangourou.

— Alors un bec vaut mieux qu'une poche? dis-je en riant de plus belle à la vue de ses pieds palmés. Vous en êtes certains?

— Je trouve qu'elle a un très beau plumage... badine Sam en ébouriffant ses plumes.

— N'oublie pas son bec, renchérit Jade.

Alors que je cherche un autre attribut à ce drôle d'oiseau, Antoine passe devant le kiosque. Il est flanqué de Lili et Lulu qui gobent chacune de ses paroles en gloussant.

— Parfait, grommelle Kira.

— Hé, regardez la tête de linotte! s'écrie Antoine.

Lili et Lulu ricanent. Je les foudroie du regard. Ils osent se moquer de Kira, c'est un privilège qui nous appartient, mais...

Un instant, me dis-je soudain. *Je fais partie d'un nous?*

J'aime bien.

— Aaah, ne sois pas gêné, petit oiseau, roucoule Antoine tandis que Kira tente de se cacher derrière ceux d'entre nous qui ne portent pas de costume embarrassant. Tu vas t'envoler?

Kira grogne et se redresse.

— Le kiwi ne vole pas, espèce de nul, dit-elle en lui lançant un regard furieux. Tu as quelque chose d'autre à dire?

Antoine a l'air surpris.

— Allez, le nargue Kira. Je suis certaine que tu peux en trouver une meilleure.

— Euh…

Les yeux rivés sur Antoine, Lili et Lulu attendent qu'il sorte une bonne blague.

— Hé! tu es habillée en oiseau, finit-il par dire.

Lili et Lulu éclatent de rire. Mais cette fois-ci, je mettrais ma main au feu que c'est aux dépens d'Antoine.

Quand je repère enfin le stand de l'Angleterre, Anaïs s'y trouve déjà. Elle s'empiffre de scones en jasant avec Mme Johnson.

— Ah, la voilà! gazouille Mme Johnson à mon arrivée. *Hi, darling.* J'étais justement en train de raconter à ta sœur que Marilyne et toi alliez faire une magnifique prestation ce soir.

J'essaye de sourire. Je suis convaincue que le niveau d'excitation de Marilyne est égal au mien. C'est-à-dire, au plus bas.

— Tu dois être tellement fière de ta grande sœur, ajoute Mme Johnson en se tournant vers Anaïs.

Anaïs grogne quelque chose.

— As-tu apporté les cartes de sous-titres? me demande Mme Johnson.

Je hoche la tête en sortant la pile de mon sac.

— Elles se sont un peu froissées, dis-je en guise d'excuse. (Je les déplie et tente d'effacer les plis.) Je n'aurais pas dû les mettre dans mon sac à dos...

— *It's no problem,* répond Mme Johnson.

J'imagine que cela peut signifier deux choses : « C'est un horrible problème, » ou « Ce n'est pas un problème ». Comme elle n'a pas l'air trop fâchée, j'espère que la deuxième hypothèse est la bonne.

Elle étale les affiches et pose une pile de livres dessus.

— Nous allons les aplatir un peu. Je suis certaine qu'elles seront parfaites à l'heure du spectacle, dit-elle.

Elle se tourne ensuite vers Anaïs.

— Est-ce que tu chantes bien toi aussi? lui demande-t-elle.

— Je suis aussi bonne en chant que Roxy en anglais, réplique Anaïs.

— Alors, tu dois être absolument *magnificent*! s'exclame Mme Johnson.

Anaïs me regarde avec un sourire malicieux.

— Ce n'est pas tout à fait ce que je…

— OK, dis-je en la prenant par les épaules. Il faut que j'aille retrouver Marilyne pour les exercices d'échauffement. Anaïs, tu viens avec moi? *Avant que Mme Johnson ne découvre que je parle aussi bien l'anglais qu'un bouledogue français.*

— Finalement, je m'étais peut-être trompée, dit Anaïs d'une voix agaçante de gaieté tandis que je l'entraîne loin du kiosque. Ce festival est beaucoup plus amusant que je l'aurais cru.

Dans les coulisses, Marilyne et moi attendons que les élèves du département d'italien finissent leur numéro. Tout le monde est sorti de la cafétéria et est entré dans l'auditorium pour assister au spectacle. Je jette un œil dans la salle entre les plis du rideau. On dirait que la moitié de l'école est là.

Je ne suis pas nerveuse. J'ai chanté cette chanson devant le Parlement anglais au grand complet. Chanter pour une bande d'élèves de secondaire et leurs parents n'a rien de bien terrible. Marilyne, par contre, a le teint plutôt verdâtre.

Je chuchote :

— Tu es certaine que tu ne veux pas apporter une copie des paroles sur scène? Juste au cas où?

— Je t'*ai dit* que je les avais apprises par cœur, siffle-t-elle entre ses dents. Tout va bien aller. Tu n'as qu'à présenter les affiches dans le bon ordre.

Les affiches! Je les ai laissées à la cafétéria.

— Quoi? s'exclame Marilyne d'un ton sec. Tu n'as pas les sous-titres? Mme Johnson va nous étrangler!

— Je les ai, dis-je sur la défensive. Je ne les ai pas *avec* moi mais elles sont à la cafétéria, au stand de l'Angleterre. Je vais aller...

— Non, *j'y vais*, coupe Marilyne. Tu vas probablement être distraite en chemin et oublier où tu dois aller. J'avais dit à Mme Johnson de ne pas en faire un duo. (Elle secoue la tête.) Tu n'étais pas censée être une professionnelle?

— Ce n'est pas bien grave...

Marilyne me regarde, l'œil menaçant.

— Peut-être pas pour toi.

Et elle se sauve pour aller récupérer les affiches.

Les minutes s'écoulent. Le numéro italien se termine.

— C'est à vous! chuchote quelqu'un en me poussant légèrement vers la scène.

Où est Marilyne?

Génial, me dis-je, la mort dans l'âme. *Elle va tout manquer, ce qui lui donnera une raison de plus de me détester.*

Je me glisse dans l'ouverture du rideau – juste au moment où Marilyne arrive, haletante.

— Y'a pas de quoi, dit-elle, en me jetant le paquet d'affiches dans les mains.

Nous nous retrouvons sur scène, côte à côte, souriantes, comme si nous ne nous détestions pas. À la première rangée, Mme Johnson lève un pouce encourageant.

Je tiens les affiches froissées au-dessus de ma tête et nous commençons à chanter.

And now I'm all alone again

Je m'interromps car les spectateurs éclatent de rire. Je regarde Marilyne du coin de l'œil. Elle n'a pas l'air non plus de comprendre ce qui se passe.

Nous reprenons la chanson, mais lorsque j'arrive à la phrase suivante – et à l'affiche suivante – le public redouble de rire.

Soudain, une pensée horrible me traverse l'esprit.

Sans interrompre la chanson, je descends les affiches. Celle que je viens de montrer devait avoir pour texte : Sans une amie, sans rien à faire. Je le sais, c'est moi qui l'ai écrit.

Mais le texte dit plutôt :

Je suis nulle.

Tout en continuant à chanter et à sourire au public qui tente d'étouffer son rire, je passe en revue le reste des affiches.

Je me cure le nez.

Je pue, vraiment.

Les grosses lettres rouges ne permettent pas d'identifier l'auteur, mais je n'ai pas besoin de l'écriture pour savoir qui a fait le coup. Je regarde Marilyne à nouveau, qui ne s'est pas démontée.

Elle me lance un regard furieux, comme si tout était ma faute.

Mais c'est tellement évident que c'est la sienne.

Nous nous rendons jusqu'à la fin de la chanson tandis que les rires des spectateurs diminuent progressivement. Ma colère, elle, ne diminue pas.

La chanson terminée, nous saluons le public.

— J'imagine que tu as trouvé cela drôle, marmonne Marilyne pendant les applaudissements.

— Hilarant, dis-je en serrant les dents.

Pas question que je lui donne la satisfaction de jouer l'humiliation totale.

— Je ne peux pas croire que tu aies autant besoin d'attention, siffle-t-elle.

— Moi?

— Tu nous as ridiculisées toutes les deux!

— Tu aurais peut-être dû y penser avant de saboter ma prestation, dis-je.

— Tu crois que c'est moi qui ai fait ça? s'exclame-t-elle. Tu es complètement folle.

— *Marvellous!* s'extasie Mme Johnson qui monte sur scène nous rejoindre. Elles étaient merveilleuses, n'est-ce pas? lance-t-elle au public. Allez les filles, faites un autre salut.

Nous nous prenons par la main, le sourire aux lèvres, et nous laissons porter par les applaudissements. C'est ce qu'on fait quand on est professionnel. Tant qu'on est sur scène, on fait comme si on était la meilleure amie que notre covedette ait jamais eue.

On attend d'avoir quitté la scène pour lui remettre la monnaie de sa pièce.

☆ *Chapitre 6* ☆

La bonne nouvelle c'est que le lendemain, personne ne parle de notre prestation au Festival de l'humiliation.

La mauvaise nouvelle c'est que le lendemain, personne ne parle de notre prestation au Festival de l'humiliation.

Ce n'est pas comme si j'avais voulu que les gens se moquent de moi et me montrent du doigt dans les corridors, mais vous connaissez le dicton : il n'y a pas de mauvaise publicité. Quand tu es une vedette il faut s'habituer à ce que les gens parlent de toi. Et j'imagine que quand tu es un moins que rien, il faut t'habituer à ce que les gens *ne* parlent *pas* de toi.

Toutefois, je n'ai pas l'intention de m'habituer à passer incognito.

Même si le reste de la semaine se déroule sans désastre, je suis vraiment contente quand arrive le week-end. Deux journées de bonheur loin des casiers, de la nourriture de la cafétéria, des tests surprises – et surtout, surtout, loin de Marilyne Cherrier.

La plupart du temps, personne dans ma famille ne se lève à la même heure le matin. Le déjeuner se résume à attraper quelque chose à manger avant de sortir de la maison. Mais le samedi, nous mangeons tous ensemble.

— J'ai demandé des œufs pochés, mais ils sont plutôt brouillés, dis-je en tendant mon assiette à mon père. Pourrais-tu...

Il me lance un regard glacial :

— Oui?

— Papa, j'*adore* tes œufs, minaude Anaïs qui me regarde en plissant les yeux. Ils sont délicieux.

— Merci, répond-il. Mais nous attendons de savoir ce que ta sœur reproche à la cuisson.

— Euh, rien, dis-je en reposant mon assiette sur la table. Merci de préparer le déjeuner.

Papa sourit et me tapote la tête, même s'il sait que je déteste cela.

— Y'a pas de quoi, répond-il.

Il y a trois semaines que je suis de retour à la maison mais j'ai toujours de la difficulté à me rappeler de ne pas considérer la cuisine de mes parents comme un service aux chambres, ce qui signifie retourner un plat quand il n'est pas exactement à mon goût. Et comme mes parents sont de très mauvais cuisiniers, ce n'est presque *jamais* à mon goût.

Le téléphone sonne juste au moment où ma mère va s'attabler.

— Allô, dit-elle.

Elle se met à rire.

— Non, il n'y a pas de Mme Davida ici, seulement une Mme David. Marina David. Roxy a seulement... c'est une longue histoire.

L'appel me concerne donc. Je revois en pensée la semaine à l'école. Est-ce que j'ai fait quelque chose de mal?

Ma mère écarquille les yeux, l'air étonnée.

— Vraiment? C'est très aimable à vous, dit-elle en gribouillant quelque chose sur un bout de papier. C'est noté. Je sais exactement où c'est.

Elle raccroche et me lance un regard de mère débordant de fierté.

— Alors? fais-je en essayant d'empêcher ma voix de trembler.

Serait-il possible que quelqu'un me convoque à une audition?

— Qui était-ce?

Ma mère s'assoit à la table et se tourne vers mon père en souriant :

— On dirait que ta fille s'est fait une amie.

Un grand sourire vient illuminer son visage.

— Si tu parles de *ta* fille, tu dois faire erreur, dit-il. Elle déteste son école et tous les gens qui y vont. N'est-ce pas ce qu'elle nous raconte tous les jours?

— Il semble que nous ayons sous-estimé le pouvoir de sa personnalité rayonnante, badine ma mère.

— Peut-on tout simplement me dire qui a appelé?

dis-je d'un air qui n'a rien de rayonnant.

— Dis la vérité, maman, intervient Anaïs. Tu as embauché quelqu'un pour être son amie, n'est-ce pas?

La situation est carrément insupportable. Si c'était Kira, alors pourquoi n'a-t-elle pas voulu me parler? Et si ce n'était pas Kira... il n'y a pas vraiment d'autres possibilités, vraiment.

— *Maman...*

— Comme je le disais, coupe maman, c'était une certaine Mme Cherrier qui demandait si tu pouvais venir à la soirée pyjama de sa fille, ce soir. Elle a dit que ton amie Marilyne serait ravie que tu acceptes l'invitation.

Je crache presque mes œufs.

— Es-tu certaine qu'elle ne cherchait pas une autre Roxy Davida? Parce que Marilyne Cherrier *ne* veut *pas* que j'aille à sa soirée. J'en suis sûre et certaine.

— Ce n'est pas l'avis de sa mère. Elle dit que Marilyne aimerait beaucoup t'entendre parler de tes expériences en tournée. Elle semble t'admirer beaucoup. N'est-ce pas merveilleux?

C'est maintenant au tour de ma sœur de s'étouffer presque avec son déjeuner.

— Ouais, Roxy, n'est-ce pas merveilleux? répète-t-elle. Tu as une grande admiratrice.

Je fais semblant de n'avoir rien entendu.

— Maman, Marilyne me *déteste*.

Mon père arrondit sa bouche en une expression horrifiée totalement fausse.

— Comment quelqu'un pourrait-il te détester, ma

petite perfection?

— Tu n'as qu'à le lui demander, dis-je d'une voix amère. Si elle ne me détestait pas, pourquoi alors aurait-elle saboté le numéro au Festival des nations?

La fourchette d'Anaïs percute son assiette.

— Tu crois que c'était *elle*? demande ma sœur.

— Qui d'autre, alors? Elle veut ma peau.

Anaïs roule les yeux.

— Ce n'était pas si grave...

— Ah, non? Elle m'a seulement humiliée devant toute l'école, dis-je d'un ton brusque.

— Je veux simplement dire qu'elle ne voulait sûrement pas te gâcher totalement la vie.

— Mais pourquoi est-ce que tu défends Marilyne? Tu ne la connais même pas!

Au lieu de répondre, Anaïs prend une énorme bouchée d'omelette et se met à mastiquer *trèèèèèès lenteeeeement*, jusqu'à ce que je comprenne. Elle n'a plus rien à dire.

— As-tu la preuve que cette fille en est responsable? demande ma mère, qui semble inquiète. Si c'est le cas, il va falloir que je parle à sa mère...

— Non!

Sérieusement, comment font les parents pour être si déconnectés?

— Écoute, me dois-je d'admettre, je n'ai pas de preuve. Je sais que c'est elle, c'est tout.

Ma mère n'a pas l'air convaincue.

— Tu pourrais te tromper. Si elle te déteste,

pourquoi t'invite-t-elle à sa soirée?

Je laisse échapper un soupir bruyant.

— *Maman*, je ne comprends pas ce qui se passe, mais je ne suis *pas* invitée à cette soirée.

— Bon, ce sera sûrement un peu gênant pour toi quand tu t'y présenteras, réplique ma mère.

— Quoi?

— Je lui ai dit que tu y allais et tu iras, déclare-t-elle.

— Je n'irai *pas*.

— Très mature, se moque Anaïs. Tu as pris beaucoup de maturité pendant ta tournée.

— Fous-moi la paix! dis-je sur un ton brusque.

— Roxane! s'exclame ma mère qui n'a plus du tout l'air fière. Ta sœur blaguait. Il n'y a pas de raison d'être impolie avec elle.

— Impolie? fais-je, n'en croyant pas mes oreilles. Est-ce que tu as entendu? Ne vois-tu…

— Roxane, lance mon père d'un ton calme mais ferme. Arrête tout de suite.

Je m'affale sur ma chaise.

— Tu as besoin d'amis, me dit ma mère. Tu es de retour depuis trois semaines et le seul endroit où tu es allée c'est à l'école.

— Je suis allée au centre commercial la fin de semaine passée, dis-je pour protester.

— Ouais, avec *maman*, fait remarquer Anaïs. Ça ne compte pas!

— Merci, chérie, rétorque ma mère. Je m'en souviendrai la prochaine fois que tu me supplies d'aller faire les boutiques.

— Pourquoi est-ce que vous ne me laissez pas tranquille? dis-je. Laissez-moi faire ce que je veux et...

— Quoi? riposte ma mère. Et partir à l'autre bout du monde là où personne ne va te dire ce que tu dois faire?

— Je trouve que c'est une excellente idée, déclare Anaïs.

Je croise les bras et réponds :

— Moi aussi.

— Tant pis, lance ma mère.

Elle a pâli. Elle passe et repasse ses mains dans ses cheveux, comme elle le fait toujours lorsqu'elle est sur le point de perdre patience.

— Tu es ici, maintenant, enchaîne-t-elle. Et je ne suis pas ton metteur en scène, je ne suis pas ton directeur technique, je ne suis pas ta servante – je suis ta *mère*. Et si cela signifie que tu dois faire des tâches ménagères, manger des œufs brouillés, aller à l'école et faire certaines choses que tu n'aimes pas, eh bien, c'est tant pis. Ton père et moi nous essayons simplement de faire ce qui est le mieux pour toi. Si tu ne peux pas le voir, tu pourrais essayer de nous faire un peu *confiance*.

Eh bien, dis donc! Ma mère ne crie jamais – du moins pas après moi. Cela fait des années que ni mon père ni ma mère ne m'ont grondée. Quand je venais en visite à la maison, ils me traitaient comme ce que j'étais : une visiteuse.

C'est bizarre, mais se pourrait-il que ça m'ait manqué un peu?

86

Je soupire.

— Je vous fais confiance, mais je crois que vous ne comprenez pas la situation. Marilyne *ne* veut *pas* que je vienne à sa soirée.

— J'ai l'impression que tu n'aimes pas beaucoup Marilyne, glisse mon père.

— C'est le moins qu'on puisse dire, fais-je entre mes dents.

Les coins de sa bouche tremblent, comme s'il essayait de ne pas rire.

— Et tu es certaine qu'elle ne veut pas de ta présence à sa fête?

— *Absolument* certaine.

— En fait, ta présence pourrait *gâcher* la fête, non? insinue mon père.

— Probablement.

— Hum.

Mon père retourne à son assiette et pique sa fourchette dans un gros morceau d'œufs brouillés.

— Intéressant, ajoute-t-il.

Soudain, je comprends. C'est tellement... tordu. Je ne me serais pas attendue à ça d'un père.

— Es-tu en train de dire que je devrais aller à cette fête *parce que* Marilyne ne veut pas que j'y sois? Seulement pour gâcher sa soirée?

Mon père me regarde en écarquillant exagérément les yeux.

— Jamais je ne suggérerais pareille chose, dit-il d'un air innocent. Je posais simplement des questions.

— Hum, fais-je à mon tour. Intéressant.

Le regard de ma mère se promène entre moi et mon père, tantôt dégoûté, tantôt amusé.

— Bon, nous sommes d'accord? Tu y vas?

Je soupire. Je dois admettre que ma mère a raison; je n'ai pas d'amis. Il y a Kira... mais je ne peux m'empêcher de penser à ce qu'elle a dit vendredi à propos de Jade et Sam : « Ils sont sympathiques, mais ils ne sont pas de vrais amis. Tu comprends? Nous sommes ensemble pendant les répétitions mais ensuite, on fait bande à part. »

Est-ce la même chose pour Kira et moi? Sommes-nous seulement des amies de coulisses?

C'est en fait le type d'amis que j'ai eus au cours des quatre dernières années. Et je ne m'en étais jamais plainte. Pourquoi est-ce que je devrais m'en faire avec ça maintenant?

Je ne sais pas.

Ce n'est pas que j'aie l'intention de devenir amie avec Marilyne ou avec une autre fille qu'elle aurait invitée à sa soirée. Mais je cherchais justement le moyen parfait de me venger de Marilyne. Voilà peut-être une occasion en or.

Je dois aussi avouer que n'importe quoi serait mieux qu'une autre soirée de télévision en compagnie de mes parents.

— D'accord, dis-je, avec une pointe d'amertume. J'y vais. Mais ne t'attends pas à ce que je m'amuse.

Ma mère fait un large sourire.

— Je n'en demande pas tant.

— Tu veux que j'entre avec toi? demande ma mère au moment où elle gare la voiture devant la maison de Marilyne.

— Euh, non merci.

Je n'ai pas beaucoup d'expérience en amitié, c'est vrai. Depuis l'âge de neuf ans, les seules soirées où je suis allée gravitaient autour des tournées, c'est vrai. Mais je ne suis pas nouille à ce point. Pas question de risquer l'humiliation totale en arrivant avec ma *mère*.

La maison de Marilyne est à peu près de la taille de la mienne, mais beaucoup plus vieille. Ma maison a dix ans environ, mais on a l'impression qu'elle est encore neuve, qu'elle sort tout juste de la chaîne de montage. Elle sent encore le neuf. Elle n'a pas de personnalité : pas d'escalier qui craque, pas de peinture cachée derrière le papier peint. Ma grand-tante Sylvia dirait qu'elle n'a pas d'histoire. La maison de Marilyne, par contre, a l'air d'avoir mille et une histoires. Ses vieux murs de briques sont entourés d'arbres qui frottent le toit en pente. Un sentier en pierres multicolores usées zigzague entre l'allée et la porte d'entrée. Sur le paillasson, on peut lire : ENTREZ, SOYEZ DES NÔTRES. Je souris en reconnaissant les paroles d'une chanson de l'opéra-rock *Tommy*. Je ne suis peut-être pas en territoire inconnu.

Je dépose mon sac de couchage et sonne.

La porte s'ouvre brusquement et Mme Cherrier

m'accueille en me serrant dans ses bras.

— Roxy! s'écrie-t-elle. Entre, entre.

Puis elle se tourne vers l'escalier et appelle Marilyne.

— Descends, ton amie est arrivée!

Je me demande où sont les autres. En haut, peut-être? Probablement en train de concocter des plans diaboliques pour me torturer pendant mon sommeil.

Bonne chance, me dis-je. J'ai passé tout l'après-midi à faire des recherches sur les farces et attrapes pour soirées pyjamas. Mon sac est rempli à craquer de mesures de prévention : gelée à la lime, appareil photo numérique, mini lampe de poche, marqueur rouge indélébile et mousse à raser. Ils ne pourront pas m'avoir si je les attrape en premier.

Marilyne descend l'escalier en traînant les pieds.

— Salut, marmonne-t-elle sans me regarder.

— Nous sommes tellement ravies que tu sois venue, lance Mme Cherrier sur un ton enjoué.

Elle m'entraîne dans le salon et tapote le bras d'un fauteuil bleu trop rembourré.

— Assieds-toi, assieds-toi. Marilyne m'a parlé de ta fabuleuse carrière.

— Vraiment? fais-je, étonnée.

Le teint de Marilyne s'harmonise tout à coup à sa chevelure.

— C'est tout un honneur pour Marilyne de chanter avec toi dans la comédie musicale de l'école, enchaîne Mme Cherrier. J'imagine que tu repartiras bientôt en tournée.

C'est maintenant mon tour de rougir en regardant ailleurs.

— Maman, arrête, dit Marilyne d'une voix plaintive. Elle ne veut pas en parler. Laisse-nous monter.

Mme Cherrier glousse.

— Tu as raison, bien sûr. Allez vous amuser, dit-elle.

Puis elle se penche vers moi et chuchote :

— Vous pourriez peut-être descendre plus tard bavarder un peu. Marilyne et moi pourrions profiter des conseils d'une professionnelle, n'est-ce pas Marilyne?

Marilyne acquiesce en roulant les yeux. Puis, elle pointe le menton en direction de l'escalier et se dirige vers l'étage supérieur sans attendre pour voir si je vais la suivre. Quand je la rattrape, je constate qu'elle est furieuse.

Oh! me dis-je. *Elle est vraiment en colère que je vienne lui gâcher sa fête. Qu'entend-elle faire pour se venger?*

— Elle est *tellement* embarrassante, fulmine Marilyne aussitôt que nous sommes à l'étage.

Elle m'entraîne dans sa chambre, puis claque la porte derrière nous.

— Désolée, dit-elle.

— Désolée de quoi?

Marilyne écarquille les yeux.

— Pour ma mère, répond-elle en soupirant. Parfois j'ai l'impression qu'elle a pour mission de m'humilier.

Et toi, tu ne t'es pas gênée pour m'humilier? me dis-je. Mais comme je suis coincée chez elle pour la nuit, à sa merci, je ne dis rien.

Je la rassure plutôt.

— Elle n'était pas si terrible.

Marilyne secoue la tête.

— Ce n'était rien. Attends qu'elle arrive avec sa collation sur le thème de *Bye Bye Birdie*.

Je réprime un rire.

— Tu rigoles?

Marilyne esquisse presque un sourire.

— J'aimerais bien. Elle va nous laisser tranquilles jusqu'à ce qu'elle n'en puisse plus, ce qui sera environ dans – elle jette un coup d'œil à l'horloge – dix minutes.

Nous ricanons toutes les deux et je me sens tout à coup un peu moins bizarre.

J'hésite et lui demande :

— Euh… où sont les autres?

Elles se cachent peut-être quelque part. Je peux imaginer Lili et Lulu recroquevillées dans le placard, attendant le bon moment pour bondir sur moi, comme deux lions attaquant leur proie.

Marilyne se laisse tomber sur son lit.

— J'imagine qu'elles se délectent de boissons fouettées aux fraises en se prélassant au bord de la piscine chez Annie Ferron.

— Quoi?

— À la soirée d'Annie.

J'ai l'air déconcertée.

— Tu sais qui est Annie Ferron, non?

— Pas vraiment, me dois-je d'admettre. Je crois

qu'elle est dans mon cours de math. Est-ce qu'elle a les cheveux bruns?

Marilyne me regarde, l'air incrédule, comme si je venais d'avouer que je ne sais pas qui est Ethel Merman. (Pour éviter toute confusion : Ethel Merman, 1908-1984, vedette de *Gypsy*, d'*Annie du Far-Ouest*, d'*Anything Goes*, et d'à peu près tout le reste. Considérée comme l'une des grandes divas de l'histoire de Broadway. Idole de grand-tante Sylvia.)

— Elle est *blonde*, lance Marilyne avec amertume. Et populaire. Elle habite une gigantesque villa dans le nord de la ville. Régulièrement, elle donne une énorme soirée et invite tous ceux qui sont populaires.

— Oh, fais-je en baissant les yeux.

C'est donc officiel : je ne suis pas populaire.

— Je n'ai pas été invitée non plus, déclare Marilyne en serrant les poings. J'avais dit à ma mère que personne ne viendrait à cette stupide soirée pyjama. Elle croit que parce que je suis la vedette du spectacle, automatiquement les gens m'ai... (Elle s'interrompt brusquement.) Peu importe.

Nous nous dévisageons en silence pendant quelques secondes. Je me demande si elle se sent aussi mal à l'aise que moi.

— Hum, ta chambre est géniale! finis-je par dire.

Et même si je cherchais seulement à briser le silence, la remarque est sincère. Ma chambre à moi est presque vide, comme une chambre d'hôtel, alors que celle de Marilyne est vivante, c'est comme un prolongement de sa personnalité. Chaque centimètre de mur est rempli.

Je me dirige vers le mur près de son lit qui est couvert de photos de Marilyne sur scène. D'après le costume, je peux dire quel rôle elle jouait – Maria dans *La Mélodie du bonheur*, Eliza Doolittle dans *My Fair Lady*, Elphaba dans *Wicked*. Tous des costumes, des spectacles et des âges différents. Mais dans chaque spectacle, il est évident que Marilyne est la vedette.

— Tu as joué dans beaucoup de spectacles.

Marilyne hausse les épaules.

— À l'école, dans les camps d'été, dans les théâtres communautaires, etc. Ma mère pense que je dois jouer le plus de rôles possible.

— J'aimerais que ma mère soit de cet avis, dis-je dans un murmure.

— Je ne te le souhaite pas. C'est elle qui m'a fait accrocher tout ça. Si ce n'était que de moi, toute ma chambre aurait l'air de ça.

Elle désigne le mur opposé qui est couvert d'affiches-programmes de Broadway du plancher au plafond. Quand je m'approche, je n'en crois pas mes yeux. Elles sont toutes *dédicacées*.

— Tu as assisté à tous ces spectacles?

Marilyne secoue la tête.

— Je les commande par la poste, dit-elle d'un air embarrassé. Je les collectionne en quelque sorte. Tu trouves peut-être ça bizarre.

— Je trouve ça super.

Remarquant une affiche des *Misérables* juste

au-dessus de ma tête, je la montre du doigt :

— Tu sais, je faisais…

Je m'interromps en me rappelant que chaque fois que je dis quelque chose à propos de ma carrière, Marilyne pense que je me vante.

— Tu étais dans *Les Misérables*, dit-elle. Je le sais. Alors…

Elle s'arrête. *Ça y est,* me dis-je, *elle va enfin avouer ce qu'elle a fait.*

— J'imagine que c'était plus excitant que notre numéro au Festival des nations, laisse-t-elle tomber avec un petit sourire.

Pourquoi en parle-t-elle si elle n'a pas l'intention de s'excuser?

— Plus excitant et surtout moins humiliant, dis-je sèchement.

— Donc tu n'as vraiment pas fabriqué les affiches de sous-titres? demande-t-elle.

— Bien sûr que non! C'était *toi*!

— Mais arrête de dire ça! Pourquoi est-ce que je saboterais mon propre numéro?

— Je ne sais pas… peut-être n'es-tu simplement pas douée pour jouer des tours, fais-je d'un ton brusque.

— Peut-être n'es-tu simplement pas douée pour les rôles de détective amateur, riposte-t-elle.

— Tu es la seule personne qui aurait pu faire une chose semblable, dis-je. Et tu es aussi la seule qui en aurait été capable.

L'air hautain, Marilyne se dirige vers la porte de sa

chambre comme si elle était sur le point de l'ouvrir et de me jeter dehors.

— Si tu me crois si cinglée, pourquoi alors es-tu venue ce soir?

Sans réfléchir, je lui lance :

— Parce que ma mère m'y a obligée!

À son expression, on croirait que je l'ai giflée. Puis, son visage se ferme.

— Ah, vraiment? Eh bien, c'est *ma* mère qui m'a obligée à t'inviter, dit-elle froidement.

Si elle s'imaginait que je ne l'avais pas déjà deviné. Tout de même, je suis surprise de constater que la remarque me blesse.

— Pourquoi?

Marilyne se laisse glisser contre le mur.

— Elle croit que tu peux m'aider à devenir une méga star. C'est tout ce qui l'intéresse dans la vie.

— Je ne vois pas pourquoi tu t'en plains, dis-je. Sais-tu à quel point c'est super d'avoir une mère qui veut faire avancer ta carrière? Ma mère ne comprend rien de rien. Elle veut que je sois comme tout le monde, c'est tout.

Marilyne soupire.

— Arrête. *J'aimerais tant* que ma mère pense comme la tienne. C'est comme si elle n'avait jamais réalisé son rêve de devenir une grande vedette de Broadway et que sa mission dans la vie était de faire de moi une star. (Elle roule les yeux.) Réveille-toi, maman. C'est ma vie, pas la tienne.

— Je suis certaine qu'elle n'est pas aussi terrible que tu le prétends, dis-je.

Elle me jette un regard furibond.

— Qu'est-ce que tu en sais?

Je lui renvoie son regard.

— Je sais que tu n'es pas consciente de la chance que tu as.

La porte s'ouvre d'un coup.

— C'est votre metteur en scène! lance Mme Cherrier dans un petit rire étouffé en passant la tête par la porte.

Elle tient une assiette de biscuits et de gâteaux.

— J'apporte des gâteries! annonce-t-elle fièrement. Voici le gâteau Conrad Birdie, le soufflé « En toute sincérité » et les biscuits « Quel est le problème des jeunes d'aujourd'hui? ». Je sais que ça a été un grand rôle musical pour toi, dit-elle en me faisant un clin d'œil

Le regard de Marilyne croise le mien, elle soulève les sourcils et nous éclatons de rire.

Je dois me rendre à l'évidence : Mme Cherrier est terrible. C'est le moins que l'on puisse dire.

— Quoi? demande cette dernière, dans un état de confusion totale.

— Rien, répondons-nous en chœur en riant de plus belle.

Lorsque Mme Cherrier nous quitte pour nous laisser mordre dans les ridicules, mais savoureuses pâtisseries sous le thème de *Bye Bye Birdie*, je m'assois sur le lit de Marilyne.

— OK, tu as gagné, dis-je. Ta mère est…

Marilyne me vient en aide.

— Tout un phénomène? suggère-t-elle.

Je souris et engouffre un biscuit.

— *Iiii mfof madmmetf...*

— Avale, me conseille Marilyne.

Ce que je fais.

— Je disais donc, il faut admettre que c'est une excellente cuisinière.

Nous éclatons de rire à nouveau et je réalise tout à coup que je suis en train de m'amuser.

— Alors, qu'est-ce que tu veux faire maintenant? me demande Marilyne lorsque nous avons avalé toutes les gâteries.

— Je ne sais pas. Je ne suis pas souvent allée à une soirée pyjama.

En fait, c'est la première fois.

Marilyne hausse les épaules.

— Bon, nous pourrions nous maquiller, ou regarder des vidéoclips, ou parler des garçons... suggère-t-elle.

— Bon... on pourrait, si tu veux.

On dirait de la torture.

Marilyne se met à rire.

— Mais seulement si tu veux parler d'Antoine Savard, cet égocentrique aux mains moites qui n'a aucune oreille.

— Celui que tout le monde trouve *teeeeellement* beau, fais-je remarquer.

Marilyne sourit.

— Tu veux savoir qui a le plus gros béguin pour

Antoine dans toute l'école? demande-t-elle.

Je me penche en avant, prête à entendre le potin du siècle.

— Qui?

— Antoine. Une fois, je l'ai surpris en train de se parler dans le miroir, il se disait à quel point il était génial.

— Non!

Marilyne lève la main comme pour faire une promesse solennelle.

— Je jure sur ma bande sonore de *Wicked* que je dis la vérité.

— Tu aimes *Wicked*?

Je lui ai posé la question en me rappelant à quel point Kira déteste la production. Je pensais que j'étais peut-être nulle d'aimer ça.

— Qui n'aime pas *Wicked*? demande Marilyne en parcourant la liste d'écoute sur son ordinateur. C'est presque aussi bon que *Rent* et *Miss Saigon*.

— Oh, c'est bien meilleur que *Rent*.

— Oh, non, réplique-t-elle en secouant la tête avec conviction. Impossible.

— Tu vois, maintenant je ne peux plus me fier à tes goûts, dis-je sur un ton moqueur.

— Mes goûts sont irréprochables. Tu veux me mettre à l'épreuve?

— *Le Fantôme de l'opéra*? dis-je.

— Réputation surfaite.

— *Oklahoma*.

— Chapeau.

— Steven Sondheim, dis-je pour la mettre au défi.

— Ses premières ou ses dernières productions? rétorque-t-elle.

— Après *Gypsy* et avant *Company*.

Marilyne hoche deux fois la tête en signe d'approbation.

— Mais ses dernières productions sont mauvaises. Je crois que personne ne les aime vraiment. Ils s'imaginent qu'en faisant semblant d'apprécier, ils ont l'air plus intelligents. (Elle plisse les yeux avant d'ajouter.) OK, mon tour maintenant. *Avenue Q.*

— Sublime.

— *La Mélodie du bonheur.*

Je fais mine de m'enfoncer un doigt au fond de la gorge.

Marilyne plisse le nez.

— Tu blagues?

Je me mets à chanter d'une voix de fausset :

— C'est la mélodie de l'horreur...

Elle croise les bras.

— Les goûts ne se discutent pas, on s'entend là-dessus. Et que penses-tu de *Chantons sous la pluie?*

Je pousse un soupir.

— Oh, j'adore ça. Ça fait une éternité que je ne l'ai pas vu.

— Je l'ai sur DVD, dit Marilyne. On pourrait le regarder, si tu en as envie.

— Oui, j'aimerais beaucoup, fais-je en hochant

vigoureusement la tête.

Nous trainons nos sacs de couchage dans le coin de détente pour nous installer devant l'écran géant. La qualité de l'image est tellement bonne qu'on dirait que Gene Kelly est dans la pièce avec nous, chantant et dansant sous la pluie.

Au bout d'une heure environ, Marilyne lance soudain.

— Nous devrions monter ce spectacle l'an prochain. Je crois que j'arriverais à convaincre Mme Hardy.

— Impossible, dis-je.

— Je sais qu'elle a l'air d'une vraie illuminée, mais elle met beaucoup d'énergie dans les comédies musicales à l'école, soutient Marilyne. Et elle a promis de m'aider à devenir une vedette. Alors si je réussis à la convaincre que *Chantons sous la pluie* est un moyen de...

— Ce n'est pas ce que je voulais dire, dois-je préciser. Je voulais dire que *Chantons sous la pluie* est l'histoire d'un gars qui peut danser – peux-tu imaginer Antoine dans le rôle principal?

Marilyne glousse.

— Oh! Bonne observation, commente-t-elle. Il tomberait probablement de la scène. En plus, peux-tu imaginer le chœur avec tous ces empotés qui n'ont aucune oreille essayant d'apprendre les pas? Un vrai désastre.

Elle doit avoir vu mon expression dans la lueur de la télévision.

— Je ne parle pas de toi, évidemment, ajoute-t-elle.

101

Mais je ne pensais pas à moi. Je pensais à Kira. À Jade et à Sam, aussi. Soudain, je me sens un peu bizarre d'être en train de rire du spectacle avec Marilyne. J'ai presque l'impression de les trahir. Surtout que rester debout toute la nuit à regarder des vieilles comédies musicales est exactement le genre de chose que Kira aurait adoré.

— Le chœur est meilleur que tu le crois, fais-je observer.

— Écoute, ce n'est rien de personnel, objecte Marilyne. Certaines personnes sont juste plus douées que d'autres.

— Et certaines personnes sont juste plus exécrables que d'autres.

Il y a une pause, comme si Marilyne se demandait si je viens de lui déclarer la guerre. Je me blinde.

Mais au lieu d'attaquer, elle se met à rire.

— Tu as peut-être raison. Que dire? C'est un don chez moi.

Mais lorsqu'elle reprend la parole, son ton n'est plus à la blague. Elle a l'air préoccupée.

— Suis-je si exécrable que *ça*?

— Tu veux la vérité?

— Oui.

Je lui fais un grand sourire.

— Bon... que veux-tu dire par *ça*?

— Je jure que je n'ai pas saboté les affiches, lance soudain Marilyne. Je ne ferais jamais une chose pareille. À personne. Et tu sais très bien que je ne le ferais jamais

102

à moi-même.

— Tu sais ce qui est bizarre? Je te crois.

Nous gardons le silence pendant une minute et regardons Gene Kelly danser sur le grand écran avec une grâce qui est à des années lumière d'Antoine.

— Je peux te poser une question? dis-je doucement.

— Vas-y.

— Pourquoi est-ce que tu veux quand même participer à la comédie musicale? Avec ta mère et tout le reste... si tu détestes ça, pourquoi ne pas abandonner?

Marilyne se redresse brusquement en se coinçant presque dans son sac de couchage extra large.

— Qui a dit que je détestais ça?

— Euh... toi.

— Non, je déteste que ma mère soit si obsédée. Je déteste qu'elle m'emmène toujours à des auditions, à des cours de danse, à des cours de chant et à un million d'autres choses. Je ne déteste pas être sur scène. C'est différent. C'est... je crois que tu comprends.

— Ouais.

Et c'est vrai que je comprends.

Lorsque le rideau se lève sur scène, que les projecteurs s'allument, ce qui se produit ne s'explique pas avec des mots. On le sent.

Marilyne le sent.

Après *Chantons sous la pluie*, nous passons à *Showboat*, puis à *Un Violon sur le toit*, et ensuite à *West Side Story*. Vers trois heures du matin, nous tombons finalement endormies pendant l'ouverture d'*Oklahoma*.

Et soudain, c'est le matin.

Au lever du jour, tout semble différent. Dans le noir, avec la télévision beuglant nos chansons favorites, Marilyne et moi avions quelque chose en commun. Mais à la clarté du jour, il est trop facile de se rappeler que nous ne sommes pas vraiment amies. Qu'en premier lieu, elle ne m'avait même pas invitée à sa soirée.

Durant le déjeuner, nous échangeons à peine quelques mots, mais sa mère parle pour nous trois. Marilyne se recroqueville de plus en plus sur sa chaise tandis que sa mère fait l'éloge d'à peu près tous les rôles que sa fille ait jamais tenus.

— Nous sommes allées à bon nombre d'auditions professionnelles, mais la chance ne nous a pas encore souri, conclut-elle. Mais je suis certaine que ce n'est qu'une question de temps. Elle a tellement de talent.

Mme Cherrier regarde sa fille, le visage rayonnant. Marilyne a l'air misérable.

— Maman, arrête, je t'en prie.

— Ne sois pas gênée, chérie, dit sa mère. Je suis sûre que pour Roxy ça n'a pas fonctionné du premier coup non plus.

J'essaye de croiser le regard de Marilyne, mais elle s'obstine à fixer son assiette de crêpes.

— C'est sûr, marmonne-t-elle. Je suis certaine que nous serons bientôt riches et célèbres.

Heureusement, j'aperçois la voiture de ma mère qui s'arrête devant la maison. Je saute sur mes pieds.

Marilyne m'accompagne jusqu'à la porte.

— Bon, euh... alors, on se voit demain à l'école? dis-je.

— Ouais. À demain, répond Marilyne.

Elle hésite avant d'ajouter :

— Désolée encore pour ma mère et pour toute cette histoire de soirée pyjama.

— Je me suis amusée, dis-je en toute sincérité. C'est vrai.

— Vraiment? s'étonne-t-elle.

Je lève la main comme pour faire une promesse.

— Je le jure sur ton incroyable collection de comédies musicales sur DVD.

— Je pense qu'il faut que tu jures sur quelque chose qui t'appartient, fait remarquer Marilyne.

— D'accord, alors...

Je soulève le sac rempli de gâteries que Mme Cherrier a tenu mordicus à m'offrir.

— Je le jure sur mon gâteau Conrad Birdie.

Les lèvres de Marilyne frémissent, elle laisse échapper un ricanement.

— Dans ce cas, je te crois.

Je me dirige vers la voiture, lance mon sac de couchage à l'arrière, puis m'assois à côté de ma mère.

— Alors? demande-t-elle. Était-ce aussi horrible que tu le craignais?

Je fronce les sourcils.

— Pire.

OK, c'est un mensonge.

Peut-être qu'au bout du compte, c'est tout le

contraire qui s'est produit. Du moins quand nous en avons eu fini avec la scène je-te-déteste-et-moi-je-te-déteste-encore-plus. Ce n'est pas que Marilyne et moi sommes maintenant amies. Je ne sais pas ce que nous sommes. Mais une chose est sûre, nous ne sommes plus ennemies. Ce qui veut dire que ma mère avait tout à fait raison.

Et il n'est absolument pas question qu'elle le sache.

Chapitre 7 ☆

— Et n'oubliez pas, lance Mme Hardy à la fin du premier cercle d'énergie, le lundi. Vous êtes plus qu'une distribution, vous êtes une *famille*.

Sur ce, elle expédie les choristes dans la salle pour qu'ils regardent les premiers rôles répéter leur solo.

— Alors, si cette distribution est une famille, je suppose que nous sommes les arrière-arrière-neveux par alliance que tout le monde oublie d'inviter à Noël, grommelle Kira.

Elle se laisse tomber dans un des sièges de l'auditorium et balance ses jambes sur le dossier devant elle. Sur la scène, Antoine et Marilyne répètent la valse qu'ils vont danser au moment où leurs personnages (un méchant vampire et une innocente jeune fille) tombent amoureux. On entend, en bruit de fond, le grésillement d'une chanson d'amour intitulée « Mon Cœur boit ton sang ».

— Acclamons tous le roi vampire et sa jolie reine,

107

murmure Kira en adressant un salut à la scène. Marilyne doit mourir d'impatience d'avoir son costume. Je parie qu'elle va porter sa couronne partout dans l'école.

Je grimace en entendant sa remarque.

— Arrête, dis-je, elle n'est pas si terrible que ça.

Au même moment, Marilyne trébuche sur les grands pieds d'Antoine. Un peu plus et elle s'étalait de tout son long par terre.

Kira glousse.

— Elle n'est pas si bonne que ça non plus, opine-t-elle.

— Vous avez beaucoup de choses en commun toutes les deux.

Kira se tourne brusquement vers moi.

— Excuse-moi? fait-elle en exagérant son étonnement. Que connais-tu de Marilyne Cherrier? Sauf qu'elle te déteste et qu'elle a fait de son mieux pour te ridiculiser devant toute l'école?

Mme Hardy nous fusille du regard. Kira baisse la voix.

— Ou aurais-tu par hasard oublié le Festival de l'humiliation?

— Elle a dit que ce n'était pas elle, dis-je.

— Et tu l'as *crue*?

— Oui, je pense bien. Je sais comment elle est à l'école, mais chez elle, en fin de semaine...

Kira raidit.

— Attends. Tu es allée à sa soirée pyjama? Je croyais que tu n'étais pas invitée?

— Je ne l'étais pas. Sa mère m'a invitée à la dernière minute et *ma* mère m'a obligée à y aller. En fait, nous nous sommes beaucoup amusées...

Je m'interromps en voyant l'expression de Kira. Elle serre les lèvres et sa tête s'est figée.

— Quoi? fais-je.

Kira se tasse dans son siège.

— Rien, répond-elle. C'est que, je ne pensais pas que... Peu importe.

— Qu'est-ce qu'il y a?

— Alors maintenant vous êtes... comme des amies? demande-t-elle.

Une pensée me frappe soudain : *serait-elle jalouse?*

— Je ne crois pas, dis-je. (Toute cette question d'amitié est tellement compliquée. Il devrait y avoir des cartes de membre.) Mais peut-être que toi et moi *pourrions* être amies, tu sais, si on le voulait?

— Ouais, fait-elle en s'enfonçant un peu plus dans son siège. C'est normal.

— Qu'est-ce qui est normal?

— Toi et Marilyne. C'est tellement évident. Vous avez toutes les deux l'étoffe de vedettes, hein? Toutes les deux, vous avez... comment tu appelles ça encore?

— De la présence, dis-je d'un ton calme.

— Ouais. Certaines personnes sont destinées à devenir des stars alors que d'autres sont destinées à faire partie du chœur. Ta place est là-haut, fait-elle en montrant la scène du menton. Pas en bas ici, avec moi.

Je sais que c'est horrible, mais une minuscule partie

de moi est contente que Kira soit jalouse. Parce que cela signifie qu'elle veut être mon amie autant que je désire être la sienne.

— Ma place est ici, dis-je d'une voix ferme.

Et honnêtement, je le pense. Je me mets à fredonner doucement, juste assez fort pour que Kira puisse m'entendre. Je sais que c'est une de ses chansons favorites.

Elle me regarde en roulant les yeux.

— Arrête.

Je fredonne un peu plus fort en faisant de petits mouvements de tête comiques au rythme de la musique. Puis je me mets à chanter.

— *Où que l'on aille…*

Kira serre les lèvres pour s'empêcher de sourire.

— *Quoique l'on fasse…*

— C'est ridicule, se lamente-t-elle.

— Allez, dis-je. C'est de Sondheim. Ton producteur préféré.

— Et c'est justement pourquoi je ne vais pas massacrer la chanson en la chantant avec mon horrible, horrible voix.

— *Ce sera toujours…*

— *Ensemble!* lance-t-elle soudain d'une voix forte et distincte.

Je savais qu'elle ne pouvait résister à la tentation. Nos voix se mêlent pendant encore quelques mesures… jusqu'à ce que nous nous rendions compte que tout le monde nous fixe des yeux.

— Hé, personne ne m'avait dit d'apporter des bouchons d'oreille à l'école! lance Antoine.

— Je crois qu'Antoine veut dire qu'il est agréablement surpris de voir une telle passion théâtrale chez les membres de la famille de *Monstres en folie*, déclare la metteure en scène en nous regardant du haut de la scène. Mais vous pourriez peut-être, tandis que nous répétons, essayer d'être un peu moins passionnées.

— Oui, madame Hardy, marmonnons-nous.

— Vous pourriez dépenser un peu de cette énergie débordante en allant faire une petite commission, qu'en dites-vous? Allez vérifier à l'arrière-scène si le décor de la scène zombie salsa est prêt. Et n'hésitez pas, dit-elle en haussant les sourcils, à y aller ensemble.

Nous n'y manquons pas.

Quand on fait partie d'un chœur, du moins de celui de l'école Valmont, il n'y a pas grand-chose à faire. Il y a bien entendu des paroles et des mouvements à apprendre, mais Mme Hardy semble avoir décidé que nous pourrions faire cela seuls, car elle passe la majeure partie de son temps avec les personnages principaux. Nous sommes coincés en répétition presque deux heures par jour – et la plupart du temps, nous ne faisons presque rien.

Du moins, rien d'officiel.

Quand j'étais en tournée, je me demandais toujours ce que le chœur faisait quand je répétais. Je les voyais parfois, avachis au fond du théâtre ou dans les coulisses, à commérer et à rire en mangeant de la pizza. Personne ne m'en a jamais offert une pointe. Même quand j'avais un très petit rôle, ils ne m'ont jamais traitée comme si j'étais des leurs. J'étais toujours juste la petite. Je croyais que cela serait différent quand j'ai été Annie dans *Annie...* mais ce fut encore pire. Nous étions tous des enfants, mais nous n'étions pas tous pareils. J'étais la vedette. Pas eux.

J'imagine que je ne saurai jamais à quoi ils occupaient tout leur temps libre, mais par contre, je sais ce que fait le chœur de *Monstres en folie* : nous jouons aux cartes. Nous ne faisons pas que ça, bien entendu : nous feuilletons des magazines minables; nous testons nos connaissances sur des futilités et autres détails insignifiants au sujet de Broadway; nous revenons sur d'exécrables séries télé; nous potinons au sujet d'enseignants épouvantables et de parents assommants; nous échangeons de la musique; nous jouons à des jeux sur nos téléphones cellulaires; et – ah, oui – il nous arrive de répéter de temps à autre.

Mais nous jouons surtout aux cartes. Je ne suis pas très bonne à la dame de pique ni au rami, mais j'excelle à la bataille corse. Ça se joue à deux, un peu comme un duel de patience, sauf qu'à la fin, tu dois taper sur la plus petite pile plus vite que ton adversaire pour remporter les cartes. J'imagine le visage de Jerry, le producteur, sur la carte du dessus disant : « Tu es congédiée. »

Je suis toujours la première à frapper. Et c'est moi

qui frappe toujours le plus fort.

— J'en ai assez maintenant, lâche Kira alors que je viens de gagner ma troisième partie d'affilée.

Une semaine s'est écoulée depuis la soirée pyjama chez Marilyne et il reste quinze jours avant la première. Et même jouer à la Bataille corse devient ennuyant.

— Il doit bien y avoir quelque chose d'autre à faire, lance Kira en se tournant vers Jade et Sam. Vous vous souvenez à quoi on jouait l'an passé?

Le visage de Sam s'éclaire.

— *Excellent.* Jade, as-tu toujours…

— Il est dans mon casier, fait Jade en se frottant les mains comme une vilaine conspiratrice. Nous devrions y aller maintenant, pendant que Mme Hardy est occupée.

— Euh… aller où? fais-je.

Kira me fait un clin d'œil.

— Tu verras, dit-elle.

Puis elle se tourne vers Sam et Jade et ajoute :

— On se voit là-bas.

Elle m'entraîne vers les toilettes.

— Sérieux, où allons-nous? dis-je en m'arrêtant près de la porte. Mme Hardy va perdre la boule si elle se rend compte que nous avons filé en douce.

— Elle a *déjà* perdu la boule, réplique Kira. Et elle ne s'en rendra même pas compte.

Nous sommes sur le point d'entrer dans les toilettes lorsque nous entendons les voix de Lili et Lulu à l'intérieur, qui nous parviennent à travers la mince porte.

— Elle est tellement prétentieuse, dit une voix qui semble être celle d'Émilie.

Elle chuinte légèrement.

— Il faut rester gentilles avec elle encore quelque temps. Tu sais qu'elle a Hardy dans sa poche, déclare Anne-Luce. Nous la plaquerons après le spectacle.

Émilie ricane.

— Quand va-t-elle s'apercevoir que tout ce qu'on veut c'est de meilleurs rôles?

— Peut-être quand elle se rendra compte qu'elle n'est pas le nombril du monde? suggère Anne-Luce. Autrement dit, jamais.

Elles éclatent de rire.

Il n'est pas difficile de comprendre qu'elles parlent de Marilyne.

C'est le moment de vérité. Si j'étais un personnage dans une pièce de théâtre, le rideau tomberait sur la scène et le public passerait l'entracte à se demander ce que mon personnage devrait faire : faire comme si je n'avais rien entendu ou me précipiter dans les toilettes et leur dire d'arrêter.

Dommage qu'il n'y ait pas d'entracte dans la vie, seulement des pauses pour aller à la toilette. Je me tourne vers Kira, mais elle pousse déjà la porte.

— Vous vous rendez compte que vous venez toutes deux de remporter le titre de pires amies au monde? lance Kira.

Bouche bée, Lili et Lulu la fixent dans le miroir. Mais je suis encore plus stupéfaite qu'elles. Est-ce possible que Kira soit en train de *défendre* Marilyne?

— Vous ne savez pas à quel point vous êtes odieuses et pathétiques de faire semblant d'être amies avec quelqu'un juste pour obtenir un bon rôle?

— Au moins, nous *avons* des rôles, lâche Anne-Luce d'un ton sarcastique. J'aime mieux être odieuse que faire partie du chœur.

— Alors, toutes mes félicitations, rétorque Kira. Tu as parfaitement réussi.

Elle sort en trombe des toilettes tandis qu'Anne-Luce cherche toujours à comprendre ce qu'elle a bien pu vouloir dire.

— Mais qu'est-ce qui se passe? fais-je, lorsque nous nous retrouvons dans le corridor. Je croyais que Marilyne était ta grande ennemie.

— Ce n'est pas la question. Personne ne mérite d'être traité de la sorte, répond Kira avec une grimace. Mais je ne suis pas en train de dire que je l'aime bien.

— Bien sûr que non.

— C'est que… je sais que tu l'aimes bien… et comme tu n'as pas les pires goûts au monde, alors peut-être, je dis bien *peut-être*, est-elle mieux que je le croyais…

— Je suis contente de voir que tu as l'esprit ouvert, fais-je sur un ton moqueur.

— Il ne s'agit pas d'elle, mais de ces deux-là, rétorque Kira, qui, d'un geste brusque, désigne du pouce la porte des toilettes.

— Oublie-les, dis-je. Emmène-moi plutôt là où nous allions avant qu'on ne les surprenne à dire ces grossièretés.

— Je pensais que tu avais peur qu'on se fasse prendre.

— J'ai peut-être confiance en toi, dis-je. (Ce qui la fait sourire.) Ou peut-être que je m'ennuie vraiment trop.

Nous décidons d'aller visiter les toilettes situées près de la cafétéria. Puis, nous traversons furtivement les corridors vides pour aller retrouver Jade et Sam au point de rencontre fixé. Il s'agit du casier de Jade, au bout de l'aile des sciences. Elle a entre les mains un disque volant orange vif.

— Pas question, dis-je.

Mais Kira court déjà dans le long et étroit corridor.

— Allez, lance! crie-t-elle.

Jade lance le disque volant. Kira saute et l'attrape du bout des doigts pour le relancer dans notre direction. Je me précipite vers le disque sans réfléchir et le cueille dans ma paume ouverte.

— Quelqu'un va nous entendre, dis-je d'une voix nerveuse en envoyant le disque volant à Jade.

Il plane au-dessus de sa tête, mais elle saute en allongeant les bras et parvient à le saisir. Puis elle le lance par terre comme si elle venait de faire un touché et exécute une danse de la victoire.

— Qui va nous entendre? M. Fulton? demande Sam.

Il fait référence à l'enseignant de biologie de 92 ans, célèbre pour tomber endormi au milieu d'un cours, et parfois au milieu de ses phrases.

— La dernière fois qu'il a entendu quelque chose,

ajoute-t-il, c'était durant la Première Guerre mondiale.

Kira me rassure :

— Personne ne vient jamais dans cette partie de l'école après les heures de classe, dit-elle. Tu peux te détendre.

Je suis son conseil. Nous courons partout dans le corridor en nous lançant le disque volant – ou du moins en essayant de le faire. (La plupart du temps, quand je le lance, il va s'écraser contre une rangée de casiers.) Lorsque nous en avons assez de ce jeu, nous rigolons un peu, puis nous essayons de jouer une partie d'équipe. Mais personne ne connaît vraiment les règles. Nous sautons, trébuchons, fonçons les uns sur les autres et surtout, nous rions. Lorsque nous nous laissons tomber par terre, le dos contre les casiers, les jambes endolories, nos poitrines secouées de rires et les doigts meurtris par le disque volant, environ une heure s'est écoulée.

— La répétition est presque terminée, nous devrions retourner, suggère Jade.

— C'est une excellente proposition, reconnaît Sam qui essaie toujours de reprendre son souffle. Mais je suis trop fatigué pour bouger.

Je suis presque certaine que Mme Hardy, même si elle est complètement dans les nuages, a remarqué notre absence, mais ça m'importe peu. Si nous avons des ennuis, ça en aura valu la peine.

Nous finissons par nous lever et par ranger le disque volant dans le casier de Jade. Et puis, comme dans *Le Magicien d'Oz*, nous retournons au théâtre, bras dessus bras dessous, en gambadant.

— *À la répétition nous allons,* chante Kira de sa voix horriblement fausse, *nous allons nous ennuyeeeeer parce que m'dame Hardy nous prend pour des empotééééééés.*

C'est tellement bizarre de se promener dans des corridors déserts. Pendant les heures de classe, c'est l'horreur à Valmont; l'école est envahie de bruits et d'odeurs qui donnent envie de s'enfermer dans son casier. Elle semble appartenir aux autres. Il y a les enseignants qui te disent quoi faire et où aller. Il y a aussi les sportifs qui foncent dans la foule sans remarquer, ni se préoccuper des personnes qu'ils bousculent. Quant aux élèves populaires, ils te font sentir que tu es un moins que rien. Enfin, restent ceux qui lancent des boules puantes et renversent du lait sur la tête des autres.

Mais en dehors des heures de cours, l'école nous appartient. Nous sommes seuls, sans personne pour nous dire que nous sommes au mauvais endroit, que nous ne portons pas le bon vêtement ou que nous ne sommes pas invités. Personne ne nous voit, donc pas besoin de faire semblant. Nous pouvons être simplement être nous-mêmes.

À voir l'expression de Mme Hardy quand nous entrons en douce dans le théâtre, de gros ennuis nous attendent.

— Vous!

Du haut de la scène, elle jette un regard furibond à

118

notre quatuor qui gambadait de joie il y a à peine un instant. Je constate que le théâtre est presque vide. Il est donc plus tard que nous ne le pensions.

— Je vous ai cherchés partout. Vous avez manqué la répétition de la « Marche des morts-vivants! » Et en plus vous avez raté notre cercle d'énergie! (Elle secoue la tête.) Je m'attendais à mieux de vous – surtout de toi, Roxy. Je croyais que quelqu'un d'expérience comme toi comprendrait que faire partie d'une distribution comporte des responsabilités. Je suis en droit de me demander si vous voulez vraiment participer à la production...

Mme Hardy continue à parler de sa voix monotone, mais je l'entends à peine à travers le bourdonnement de mes oreilles. Que se passera-t-il si elle nous renvoie? Tout ce qu'il a de bon pour moi à l'école Valmont, je le dois à *Monstres en folie*. Je ne survivrai jamais à la routine normale de l'école secondaire sans ça. Mais juste au moment où tous les espoirs semblent perdus... Marilyne fait son entrée, côté cour.

— C'est ma faute, dit-elle.

— Ta faute? répète Mme Hardy.

— Mettant en vedette Marilyne Cherrier dans le rôle inattendu de notre héroïne, murmure Kira.

Je lui plante mon coude dans les côtes.

— Chuuuut!

— Je ne comprends pas, fait remarquer Mme Hardy à Marilyne. *Tu* n'as pas disparu au milieu de la répétition. En fait, *tu* as accepté de rester avec moi pour répéter tes solos plus longtemps. C'est le genre d'engagement auquel je m'attends.

Marilyne hésite.

— Je leur ai demandé de faire une course pour moi, lâche-t-elle. J'ai... euh... oublié mon livre de sciences dans mon casier et j'en avais besoin pour étudier, et ma mère vient me chercher aussitôt que nous avons terminé ici, alors je savais que je n'aurais pas le temps d'aller le chercher moi-même... (Elle regarde Mme Hardy d'un air suppliant.) C'est moi que vous devez blâmer, pas eux.

— Dans ce cas, fait Mme Hardy qui ouvre et ferme la bouche à quelques reprises sans qu'aucun son n'en sorte, un peu comme un poisson rouge. C'est différent. Tu as une admirable éthique du travail, Marilyne. Et Roxy, c'est gentil que toi et tes amis compreniez les exigences du rôle de Marilyne et que vous ayez voulu l'aider. Son temps de répétition est vraiment crucial. Je suppose que je vous dois des excuses, mais...

Mme Hardy se tourne vers Marilyne et lui demande :

— Pourquoi avoir envoyé les *quatre* chercher un livre?

Les yeux de Marilyne deviennent ronds comme des soucoupes.

— Euh... je n'étais pas certaine qu'il soit dans mon casier. Alors j'ai envoyé Roxy à mon casier, Kira est allée vérifier dans la cafétéria, alors que Sam et Jade sont allés regarder dans la classe et... la salle des casiers.

— Nous ne l'avons trouvé nulle part, fais-je.

Kira, Sam et Jade hochent vigoureusement la tête en

cherchant à se composer rapidement une expression qui ressemblerait à du regret.

— C'est pourquoi nous avons mis tout ce temps, dis-je. Nous avons cherché partout, partout... désolée, Marilyne.

Je lui lance un petit sourire navré.

— Pas de problème, me répond-elle.

Puis elle se tourne vers Mme Hardy et dit :

— Alors, vous n'êtes pas fâchée?

— Bien sûr que non, répond-elle en tapotant l'épaule de Marilyne. Comment pourrais-je en vouloir à ma magnifique vedette?

Avant qu'elle ne change d'idée, nous ramassons nos choses en silence et nous nous rendons dans le stationnement pour attendre nos parents. Kira et moi y sommes toujours lorsque Marilyne sort.

— Merci pour ce que tu as fait tout à l'heure, marmonne Kira d'un air embarrassé.

Je me rends compte que je ne les ai jamais vues parler ensemble.

— Oui, merci beaucoup, dis-je. C'était incroyable.

Marilyne hausse les épaules.

— Pas de problème, dit-elle. Alors... qu'est-ce que vous avez fait pendant tout ce temps?

— Bah, répond Kira, des choses.

— On jouait au disque volant dans l'aile des sciences, dis-je avec un grand sourire.

— Oh...

Marilyne affiche une drôle d'expression, la même

que Kira quand elle a su que j'étais allée à la soirée pyjama. Une expression qui semble vouloir dire : Je ne tenais pas à jouer... mais ça m'aurait fait plaisir qu'on m'invite.

Je me rappelle comment je me sentais quand, en tournée, le chœur allait quelque part et ne pensait même pas à m'inviter. J'ai fait la même chose à Marilyne sans m'en apercevoir.

— Tu pourras venir la prochaine fois, dis-je.

Kira me jette un regard réprobateur tandis que Marilyne a l'air de se demander si elle devrait sourire.

Elle décide que non.

— Merci, dit-elle.

Elle a repris son ton suffisant, celui qu'elle utilisait toujours avant la soirée pyjama.

— Mais vous avez entendu ce que Mme Hardy a dit, enchaîne-t-elle. Mon temps de répétition est précieux. J'imagine que c'est ce qui arrive quand on est la vedette.

Au même moment sa mère se gare le long du trottoir. Marilyne saute dans la voiture et disparaît sans nous saluer.

Kira me regarde en roulant les yeux.

— Je m'étais *complètement* trompée sur son compte, lance-t-elle d'un ton sarcastique. Elle est vraiment adorable.

Quand je rentre à la maison ce soir-là, un courriel de grand-tante Sylvia m'attend. Elle veut absolument des détails sur ma vie à Val-Anse. Je voudrais bien lui répondre, mais que suis-je censée lui écrire? Les soirées pyjamas et les parties de disque volant ne l'intéressent pas. Dois-je lui raconter combien j'ai été soulagée la première fois que Kira m'a invitée à m'asseoir à sa table à l'heure du dîner ou qu'il est beaucoup plus amusant de faire un travail en groupe dans le cours d'anglais quand le groupe compte plus d'une personne? (Même si le deuxième membre du groupe s'appelle Marilyne.)

Si je lui racontais tout cela, je sais que j'aurais l'air tout à fait ordinaire. Et je sais exactement ce que pense grand-tante Sylvia de tout ce qui est ordinaire.

Et comme si ce n'était pas assez, je fais partie du chœur. Ce n'est pas que ça me fasse honte... presque pas. Mais grand-tante Sylvia a toujours été certaine que je serais une star et j'ai peur de la décevoir.

Surtout quand elle apprendra à quel point ça me plaît.

Donc, au lieu de répondre à son courriel, je décide de travailler sur mon costume de zombie. J'aurai aussi besoin d'un costume de loup-garou, mais celui du zombie me semble un peu moins impossible à réaliser.

Je me dis que je pourrais simplement prendre un vieux jeans et un t-shirt et les déchirer pour qu'ils aient l'air de haillons. Pour le sang, un peu de ketchup ou de peinture fera l'affaire.

Malheureusement, lorsque j'essaie mon jeans métamorphosé, je constate que l'opération est ratée. Je ne ressemble pas vraiment à un zombie. J'ai plutôt l'air d'être entrée en collision avec une tondeuse à gazon et un pot de sauce aux tomates.

Estimant que le zombie est une cause perdue, je me creuse les méninges, à la recherche d'idées pour un costume de loup-garou. Mais toutes mes idées nécessitent plus de matériel (et de talent) que ce dont je dispose. Je ne peux rien faire pour résoudre le problème de talent, mais je peux par contre aller fouiller dans le placard d'Anaïs pour dénicher du matériel. Dans la famille, c'est elle qui a la fibre artistique – du moins c'était le cas avant qu'elle ne devienne une petite peste qui joue au soccer. Je me dis qu'elle doit bien avoir quelque chose dont je pourrais me servir.

Bingo : je trouve une trousse de couture, trois boîtes de marqueurs et un panier de morceaux de tissu imprimé.

Je trouve aussi une pile d'affiches avec les paroles de *Mon Histoire* écrites dessus.

— Qu'est-ce que tu fais dans mon placard? crie Anaïs d'une petite voix aiguë.

Je pivote, la pile d'affiches à la main – *mes* affiches.

— Qu'est-ce que ça fait dans *ton* placard?

— Comment le saurais-je? demande-t-elle d'une voix paniquée. J'imagine que tu les as mises là.

— Je ne te crois pas, dis-je à voix basse.

Tout s'explique maintenant. Anaïs se trouvait au stand de l'Angleterre quand j'y ai laissé les affiches. Elle a eu bien assez de temps pour les remplacer par d'autres. Je ne suis même pas fâchée… bon d'accord, je suis un peu fâchée. Mais je suis surtout abasourdie.

Elle cesse son cinéma.

— Écoute, je sais que c'était stupide. Mais je ne pensais jamais que tu les apporterais avec toi sur scène, s'empresse-t-elle de dire. Pourquoi ne les as-tu pas regardées avant?

— Tu es en train de dire que c'est *ma* faute?

Anaïs secoue la tête.

— Que veux-tu que je te dise? lâche-t-elle.

— Tu pourrais dire que tu es désolée, dis-je. Même si tu ne l'es pas.

— Je le suis! proteste-t-elle. Je t'ai dit que tout ça n'était pas prévu. Je l'ai fait... euh... parce que je l'ai fait. C'est tout. Mais je suis désolée, OK? On peut dire qu'on est quittes.

Quittes pour quoi? De quoi voulait-elle se venger?

J'imagine que je pourrais le lui demander. Mais si je la force à m'expliquer pourquoi elle était fâchée contre moi, elle pourrait encore se mettre en colère. Au moins, elle a l'air sincèrement désolée.

C'est un début.

— D'accord, dis-je. On est quittes.

Je me glisse devant elle pour retourner dans ma chambre et me replonger dans mon désespérant projet de confection de costume.

— Attends, fait Anaïs.

Je m'immobilise sur le seuil de la porte.

— Qu'est-ce que tu faisais? demande-t-elle d'une voix hésitante. Je veux dire, pourquoi étais-tu venue ici?

Je laisse échapper un soupir.

— Je cherchais simplement du matériel. Je suis *censée* faire mon propre costume pour le spectacle... mais le résultat est plutôt désastreux.

Anaïs sourit.

— Tu te rappelles, dit-elle, la fois où tu as voulu m'aider à fabriquer mon costume d'Halloween à la maternelle?

— Je me souviens d'avoir accidentellement collé de la mousse de polystyrène dans tes cheveux, dis-je en ricanant. Je pensais que la tête de maman allait exploser.

— Je pensais qu'elle devrait me couper tous les cheveux pour en venir à bout, avoue Anaïs. C'est ta tête qui aurait alors explosé. Je m'en serais chargée.

— C'est toi qui aurais dû fabriquer mon costume d'Halloween, dois-je admettre. Tu as toujours été meilleure que moi avec ces trucs-là.

— Un singe serait meilleur que toi.

Anaïs défait sa queue-de-cheval. Ses cheveux tombent en mèches soyeuses et brillantes sur ses épaules. Je n'arrive toujours pas à croire à quel point elle a changé; elle n'est plus la petite fille négligée que j'ai en mémoire.

— Si tu veux, ajoute-t-elle lentement, je pourrais t'aider... avec ton costume.

Je plisse le front.

— J'aimerais *beaucoup* que tu m'aides, mais... sans blague?

— Pourquoi pas? fait-elle.

Peut-être parce que tu agis comme si mon retour à la maison te gâchait la vie? me dis-je. *C'est pour ça que tu as essayé de gâcher la mienne?*

Mais je garde cette réflexion pour moi-même.

— Tu as l'air très occupée, dis-je en prenant un air désinvolte. Tu as le soccer, tes amis, et tout le reste. Alors je me disais que tu n'aurais pas le temps.

— J'ai le temps, réplique Anaïs.

Si j'avais devant moi l'ancienne Anaïs, la petite fille étourdie avec des taches de peinture sur le visage et les lèvres barbouillées de chocolat, je lui ferais un gros câlin. Mais l'ancienne Anaïs a disparu quand j'étais à Paris et je commence tout juste à découvrir la nouvelle.

— OK, dis-je sans bouger. Génial.

— Ouais, fait-elle en hochant la tête. Génial.

Chapitre 8

Le lendemain, à la fin de la répétition, Kira et moi sommes les premières à nous asseoir pour le cercle d'énergie. Après la crise du disque volant, nous voulons être irréprochables. Assises en tailleur main dans la main, nous attendons que Mme Hardy fasse son rituel.

Au lieu de cela, elle tape dans ses mains.

— Mes chéris, j'ai une nouvelle sensationnelle à vous annoncer. Comme plusieurs d'entre vous le savent déjà, mon mari, David Hardy, est un acteur extrêmement doué. On vient de lui offrir un rôle dans une importante production cinématographique.

Le visage rayonnant, elle nous sourit avec l'air d'attendre quelque chose.

— Euh, toutes mes félicitations? risque Marilyne.

Le sourire de Mme Hardy s'élargit.

— Le tournage en Arizona durera trois mois. Le plus extraordinaire, c'est que je vais l'accompagner sur le plateau pour faire répéter les acteurs plus jeunes. Il se pourrait même que je joue dans le film!

— Félicitations! lancent Lili et Lulu en chœur.

— Je suis évidemment *consternée* de vous faire faux bond. Mais vous êtes tous pleins de talents et tellement brillants que je suis certaine que vous allez persévérer. Vous savez ce que l'on dit dans le milieu du *théâââââtre* : quoi qu'il arrive, le spectacle continue!

Marilyne lève la main avec réserve.

— Quand vous dites que vous partez, que voulez-vous dire, au juste? demande-t-elle.

Mme Hardy se tapote l'oreille.

— Pour un bon acteur, écouter est aussi important que parler, dit-elle.

Marilyne rougit.

— Mais j'étais tout ouïe, proteste-t-elle. Je voulais simplement...

J'y vais d'une question directe.

— Quand partez-vous exactement, madame Hardy?

— Eh bien, demain, répond-elle. Nous partons pour l'Arizona tôt demain matin. J'ai bien peur que ce soit notre dernière journée ensemble.

— Mais le spectacle est dans deux semaines! s'exclame Kira. Qu'allons-nous faire sans vous?

Je comprends ce qu'elle ressent. Mme Hardy est timbrée – mais elle est tout de même notre metteure en scène. Nous avons besoin d'elle.

— N'ayez crainte, mes chéris. Est-ce que j'abandonnerais mes comédiens préférés à leur sort?

On dirait bien.

— Bien sûr que non! lâche-t-elle dans un petit rire nerveux qui sonne faux. L'école a désigné M. Amato pour me remplacer pendant mon absence. Il va prendre les choses en main jusqu'à la première.

Des exclamations étouffées et des murmures parcourent le cercle d'énergie. Antoine a de sérieux haut-le-cœur.

Je murmure à Kira.

— Qui est M. Amato?

— L'entraîneur de natation des garçons, chuchote-t-elle. Il « enseigne » aussi la gymnastique et la santé.

Elle utilise ses doigts pour mettre le mot entre guillemets.

— Mais il ne connaît rien au théâtre, proteste Marilyne d'une voix forte.

Elle a l'air horrifiée. Je me rappelle ce qu'elle m'a raconté à propos de Mme Hardy quand j'ai dormi chez elle. Kira et ses amis du chœur considèrent peut-être la responsable du théâtre comme une personne bizarre, mais pour Marilyne, c'est la femme qui pourrait faire d'elle une star. C'est un peu sa grand-tante Sylvia à elle... et elle est sur le point de disparaître.

— C'est vrai, reconnaît Mme Hardy. Mais je lui ai parlé longuement et il est très avide d'apprendre.

Kira se penche vers moi.

— Ils ont fermé la piscine ce mois-ci pour des rénovations, alors j'imagine qu'il cherche juste quelque chose à faire, murmure-t-elle. À mon avis, nous sommes perdus.

— Le spectacle va continuer et je suis certaine qu'il sera magnifique, déclare Mme Hardy sur un ton faussement enjoué. Et en guise de petit cadeau d'adieu...

Elle sort une grande boîte en carton de derrière son dos.

— J'ai apporté des beignes!

La distribution s'agglutine autour de la boîte.

— C'est complètement bidon, grommelle Antoine la bouche pleine de beignet au chocolat.

— Ça ne sera peut-être pas si mal, dit timidement Amanda Craig. Mme Hardy est plutôt (elle baisse le ton) « timbrée ».

— Tu ne connais pas Amato! rétorque Antoine. Il est... ah, oublie ça. Moi, je ne reste pas ici!

— Qu'est-ce qu'il a encore? demande Sam au moment où Antoine sort en trombe du théâtre.

Jade hausse les épaules.

— C'est à cause de M. Amato, déclare Marc Carignan. Je suis dans son cours d'éducation physique et Antoine est totalement empoté.

— Hum... y a-t-il quelque chose de surprenant là-dedans? demande Kira.

Jade rougit.

— Il n'est pas si mauvais que ça, dit-elle. De toute façon, personne ici ne danse vraiment bien.

— De toute façon, personne ici n'est la vedette du spectacle, riposte Kira.

— Antoine rate toujours tout en classe de gym et

Amato aime l'utiliser comme exemple de ce qu'il *ne* faut *pas* faire, explique Marc. Avoir Amato comme metteur en scène est probablement son pire cauchemar.

Sam fait un sourire démoniaque.

— Au bout du compte, la nouvelle n'est pas si terrible, laisse-t-il tomber.

— Sois gentil, lâche Kira en lui tapant l'épaule. Laissons de côté la grosse tête d'Antoine. Nous avons des problèmes plus importants à régler. Pas vrai, Roxy?

— Euh... ouais. C'est vrai.

Mais j'écoute d'une oreille distraite. Marilyne a attiré Mme Hardy dans un coin et j'essaie d'entendre leur conversation.

— Mais vous aviez promis de me présenter à votre ami qui est régisseur de distribution, dit Marilyne. Et que l'an prochain, je pourrais être votre assistante!

— Je suis désolée, Marilyne, mais que veux-tu que je te dise? Le *théâââtre* n'est pas tendre avec les acteurs.

— Il ne s'agit pas de théâtre, fait Marilyne en plissant le nez, mais de *cinéma*. Vous avez toujours dit que l'industrie du cinéma n'avait pas d'âme, que seulement la scène comptait.

— Bon... Je...

Mme Hardy écarte ses longs cheveux de son visage.

— Tu comprendras un jour, dit-elle, quand tu réussiras à percer. Alors bonne chance, ma chérie, conclut-elle en lui donnant une petite tape sèche dans le dos.

Et puis, elle se retire en douce sans que le reste de la

distribution ne remarque son départ.

— Percer, marmonne Marilyne. On peut oublier ça maintenant.

— Marilyne, dis-je, d'une voix hésitante. Je suis désolée pour Mme Hardy.

Elle hausse les épaules; puis, d'un coup de tête, elle fait retomber ses boucles sur son visage et dit :

— Tu n'y peux rien.

— Nous allons trouver une solution, dis-je d'un ton qui se veut encourageant. Elle a raison sur un point. Quoi qu'il arrive, le spectacle continue, n'est-ce pas?

— Qu'est-ce que ça peut bien te faire? demande-t-elle avec amertume. Tu ne fais que passer, hein? Le temps que tu décroches ton prochain grand rôle. Alors ne fais pas semblant que ce spectacle est important pour toi ou que tu te fais du souci pour ce qui en adviendra.

— Mais, je…

— De toute façon, ce n'est pas sérieux, fait Marilyne d'un ton brusque. Quand on te fera une meilleure offre, tu partiras aussi vite que Mme Hardy. Mais pour le reste d'entre nous, ça s'arrête là. Tu comprends?

Il y a de la colère dans sa voix. Je ne sais pas trop que répondre.

— Dis-moi que je me trompe, insiste-t-elle. Dis-moi que tout cela n'est pas qu'une pause désagréable dans ta *vraie* vie.

— J'essayais simplement de t'aider, dis-je. Je ne recommencerai plus.

— Alors, c'est ta réponse? lance-t-elle tandis que je

m'éloigne.

Ce n'était pas une réponse. Parce que pour le moment, je n'en ai pas.

— Et ensuite, elle a commencé à me crier après comme si c'était *moi* qui avais tout gâché. On aura tout vu, dis-je tout en essayant de faire les coutures comme Anaïs me l'a montré.

Assises dans la salle à manger, nous travaillons sur mon costume. Au moins Anaïs travaille, car moi, je rage.

Anaïs ne lève pas les yeux du masque de zombie qu'elle est en train de peindre.

— Et? fais-je.

— Que veux-tu que je dise? lâche Anaïs.

Sa voix est tellement vide d'émotions qu'on dirait un robot.

— Tu pourrais me dire que tu es désolée que ma journée ait été si terrible, dis-je. Ou encore, qu'Amato n'est peut-être pas si épouvantable et qu'on trouvera une solution.

Anaïs sourit d'un air supérieur.

— Oh, il est épouvantable. Le frère aîné de Christine faisait partie de l'équipe de natation l'an dernier. Selon lui, le gars est tout à fait incompétent. Il pourrait être meilleur en théâtre qu'en natation, qui sait? Une chose est sûre, ça ne pourrait pas être pire, ajoute-t-elle en gloussant.

— Tu trouves ça drôle?

Je croyais que les hostilités avaient finalement cessé

entre nous deux.

— Je devrais être désolée pour toi, c'est ça?

— Euh... oui. Mme Hardy ne nous a jamais prévenus. Et elle disparaît du jour au lendemain. C'était comme si elle s'attendait à ce que nous soyons heureux pour elle, même si elle était en train de nous plaquer là.

Anaïs me jette un regard dédaigneux.

— Tu ne vois rien du tout, n'est-ce pas?

Il semble bien que non.

— Quoi? fais-je.

Elle secoue la tête et jette son ouvrage sur la table.

— Rien, dit-elle. Il faut que je fasse mes devoirs.

— Anaïs, dis-je. Mais qu'est-ce qui se passe?

— Tu ne comprends rien de rien, hein? laisse-t-elle tomber en croisant les bras. Tu te souviens quand tu es partie pour ta première tournée nationale?

— Celle de *Mary Poppins*? Mais oui.

— Qu'est-ce que tu te rappelles de cette journée?

— C'était la première fois que je prenais l'avion, dis-je tandis qu'à ce souvenir un sourire se dessine sur mes lèvres. J'étais tellement excitée que j'ai oublié d'avoir peur. Et, maman et papa m'ont fait la surprise de m'offrir un téléphone cellulaire juste avant que je monte dans l'avion pour que je puisse les appeler en tout temps.

— Rien d'autre?

— Tu devrais peut-être me dire ce que je suis censée me rappeler.

— Tu te rappelles ce que *je* faisais? demande-t-elle.

135

— Tu étais…

Je réfléchis un instant, puis plisse le front.

— Tu n'étais même pas là. Tu étais où alors?

— À mon récital de danse, répond-elle. Je dansais le solo que tu avais promis de m'aider à répéter. Celui dont tu te fichais parce que tu avais un million de choses à faire avant de partir en tournée. Celui que maman et papa ont dû rater parce qu'ils t'emmenaient à l'aéroport. Tu t'en souviens?

Je pourrais mentir, mais quelque chose me dit que je ne devrais pas.

— Non.

— Tu as sûrement aussi oublié que tu avais promis de m'apprendre à nager cet été-là. Ou que tu avais promis que nous irions ensemble au parc d'attractions pour voir si j'étais assez grande pour enfin faire les montagnes russes. Ou que tu avais promis de convaincre ton professeur de me laisser jouer un Munchkin quand ta classe a monté *Le Magicien d'Oz*.

— J'ai promis beaucoup de choses, hein?

Et je ne me rappelle de rien du tout.

— Oui. Et puis, tu es partie et tu n'es jamais revenue.

Je proteste :

— Je revenais tout le temps!

— En *vacances*, réplique Anaïs. Ce n'est pas la même chose. Je ne te manquais probablement pas. Tu vivais toutes sortes d'aventures excitantes tandis que j'étais coincée ici en sachant que ma grande sœur avait mieux à faire que de passer du temps avec moi.

— Anaïs… je ne le savais pas. Ça ne me venait même pas à l'idée.

— C'est justement là toute la question, rétorque-t-elle. Oublie ça.

Elle agite la main comme pour chasser ses jérémiades.

— Tu m'as manqué, dis-je au bout d'une minute. Tout le temps. Pendant les premières semaines en tournée, je m'endormais en pleurant. J'ai failli demander à grand-tante Sylvia de me ramener à l'aéroport et de me renvoyer à la maison.

— C'est vrai? demande-t-elle, l'air méfiant. Comment se fait-il que je n'en aie jamais entendu parler?

— Parce que je n'en ai parlé à personne, dis-je. Maman et papa étaient tellement ravis pour moi quand j'ai obtenu le rôle, et ils avaient l'air si fiers… Je voulais seulement montrer que j'étais à la hauteur, tu comprends? Mais la moitié du temps, j'aurais voulu revenir ici et faire les montagnes russes avec toi.

Anaïs baisse les yeux et enfonce ses orteils dans le tapis.

— Mais ça a changé, dit-elle. Tu ne veux plus être ici. Maman t'y oblige. Si tu le pouvais, tu partirais demain.

— Ce n'est pas vrai.

Elle me regarde d'un air sceptique. Je m'empresse de préciser.

— Bon, c'était vrai. Mais plus maintenant. Être à la maison n'est pas si mal.

Il y a le spectacle (à moins que tout tombe à l'eau sans Mme Hardy), il y a Kira (qui est presque officiellement une vraie amie), il y a Marilyne (avant qu'elle décide tout à coup que nous sommes à nouveau ennemies) et (quand elle me parle au lieu de m'ignorer ou de me crier après) Anaïs.

Sans parler de ma chambre et – même si elle n'a pas très bon goût – la cuisine maison de mes parents.

Oh, et mes parents. Quand ils ne m'embêtent pas.

— Tu partirais immédiatement si tu en avais l'occasion, insiste Anaïs.

— Écoute, je ne peux pas te promettre que je ne repartirai pas. Mais tu as entendu maman – je serai ici jusqu'à la fin de l'année, au moins. C'est quelque chose, non? Cela nous donne assez de temps pour faire les montagnes russes.

Anaïs roule les yeux.

— Je suis un peu vieille pour ça, tu ne trouves pas?

— Tu es en *cinquième* année! Comment peux-tu être trop vieille pour les montagnes russes? *Je* ne suis pas trop vieille pour les montagnes russes.

Anaïs me lance son plus beau sourire de petite sœur espiègle.

— J'imagine alors que je suis plus mature que toi, conclut-elle.

Je lui balance un oreiller qu'elle évite de justesse.

— Tu vois? jubile-t-elle. Je suis sans conteste beaucoup plus mature.

— C'est pourquoi tu as besoin de moi, dis-je, pour te garder le cœur jeune. Que dirais-tu si, demain soir, nous nous empiffrions de maïs soufflé en regardant des mauvais dessins animés, comme avant?

Anaïs secoue la tête de gauche à droite.

Voilà, me dis-je. *J'ai dressé ma petite sœur contre moi et je n'arriverai jamais à la faire changer d'idée.*

— Je vais au centre commercial avec maman demain soir, explique-t-elle. J'ai besoin de nouveaux souliers de soccer.

— Ouais, qu'est-ce que cette histoire de *soccer*? Depuis quand fait-on du sport dans cette famille?

— Il se pourrait que je commence une nouvelle tradition familiale, déclare Anaïs.

Elle lance une jambe en l'air comme pour frapper un ballon invisible.

— En plus, c'est amusant de frapper des choses, ajoute-t-elle.

Bon, voilà qui ressemble à la Anaïs que je connaissais. J'y vais d'une suggestion.

— Je pourrais vous accompagner et t'aider à choisir. Ensuite, nous pourrions prendre une crème glacée « tourbillon à la cannelle » au *Coin des glaces.* C'est ta saveur préférée, dis-je pour la tenter.

— Le *Coin des glaces* a fermé l'an passé, répond-elle. Et « tourbillon à la cannelle », c'est dégoûtant.

Oh...

— Mais le nouveau bar laitier fait d'excellents

frappés aux fraises, ajoute-t-elle au moment où j'avais perdu tout espoir.

— Parfait, dis-je. Alors, à demain soir?

— À demain soir, acquiesce Anaïs avec un sourire malicieux. C'est toi qui paies.

Chapitre 9 ☆

— Je n'ai jamais fait de mise en scène, nous informe M. Amato, à la répétition le lendemain. Mais j'ai assisté à quelques pièces de théâtre.

Il éclate d'un rire qui sonne terriblement faux avant d'ajouter :

— La plupart du temps, c'est ma femme qui m'a obligé à y aller.

Assis dans les deux premières rangées de l'auditorium, les membres de la distribution fixent l'homme qui contrôle le destin de leur production théâtrale. Petit et costaud, il a un visage rougeaud et des cheveux bruns en brosse qui parviennent presque à dissimuler l'endroit dégarni derrière sa tête, mais pas tout à fait. Il marche en se pavanant maladroitement sur le bord de la scène, une planche à pince vide au bout de son bras. Un chronomètre lui pend au cou. Je crains qu'il nous fasse courir d'un bout à l'autre de la scène en enregistrant nos performances.

Il poursuit :

— Mme Hardy a mentionné que vous savez ce que vous faites, dit-il en sautant en bas de la scène pour aller s'asseoir dans l'auditorium. Alors, euh, vous n'avez qu'à continuer. Et si vous avez des problèmes, venez me voir.

Cela dit, il sort un journal.

Personne de la distribution ne bouge.

Même Antoine, qui normalement ne peut pas laisser passer deux minutes sans dire quelque chose de stupide, reste assis sans bouger. Il s'est enfoncé profondément dans son siège, comme s'il espérait que l'entraîneur ne remarque pas sa présence.

Amato lève les sourcils et nous jette un coup d'œil par-dessus son journal.

— Vous pouvez commencer maintenant, dit-il.

Il y a une autre longue pause silencieuse.

— Qu'est-ce qu'il y a? fait-il. Je dois faire quelque chose pour que vous bougiez? Est-ce que je devrais aller chercher mon pistolet de départ?

Il rit bruyamment de sa propre blague totalement nulle. Se trouve-t-il vraiment drôle?

— Vous êtes les experts, dit-il. C'est à vous de me dire quoi faire.

— Vous êtes le metteur en scène, déclare Marilyne. Vous êtes donc censé, euh... faire la mise en scène... nous diriger, quoi!

— Vous voulez vraiment que *je* vous dise comment

monter votre spectacle? demande l'entraîneur en riant de plus belle. C'est comme si on demandait à Antoine d'enseigner la nage papillon à l'un de mes nageurs.

Antoine lui jette un regard furibond et se tasse encore plus dans son siège.

— Mais, si vous insistez…

De la main, il désigne la scène.

— Montez là-haut et, euh, répétez la première période.

— Le premier acte, corrige Marilyne.

— C'est ça, dit-il.

Nous n'avons jamais enchaîné le premier acte d'un bout à l'autre, mais nous prenons nos places et faisons de notre mieux.

C'est un désastre.

Antoine rate sa première réplique, ce qui sème la confusion chez Lili et Lulu, qui manquent la leur, et sont si nerveuses qu'elles en oublient tous les pas de la chorégraphie « Papa est un loup-garou et maman est un vampire ». « La Danse des zombies » débute bien, même si la moitié du chœur est toujours incapable de chanter et danser en même temps. Mais tout à coup, Jade trébuche contre le pied de Sam et fonce sur Antoine qui est censé se préparer pour « Les lamentations du vampire », côté jardin. Il agite furieusement les bras pour tenter de retrouver son équilibre, mais heurte le décor fraîchement peint de « Ma Chérie, tu me fais mourir » qui se renverse, barbouillant de rouge Antoine, Jade, Lili et Lulu au passage.

— Regarde où tu vas! beugle Antoine à Jade en essayant de se dégager du décor brisé.

— Tu ne devrais même pas être de ce côté de la scène! proteste Jade.

— Tu ne devrais même pas te trouver sur scène, riposte Antoine. Tu es une véritable empotée.

Le visage de Sam s'empourpre.

— Tu l'as traitée d'empotée?

— Je parais mal à cause d'elle.

— Tu n'as pas besoin d'elle pour ça, tu peux me croire, lance Sam. C'est toi l'empoté.

Antoine jette un coup d'œil du côté d'Amato qui fait comme s'il n'entendait rien.

— Je ne suis pas un empoté!

— C'est assez! beugle Marilyne dont la voix résonne partout sur la scène. Arrêtez, tout de suite!

Nous nous figeons tous.

Dans l'auditorium, M. Amato dépose même son journal assez longtemps pour s'assurer qu'il n'y a pas de sang jaillissant de blessures ni d'os cassés. Puis il disparaît à nouveau derrière la section des sports.

Marilyne passe ses mains dans ses cheveux ondulés. Elle se dirige vers le bord de la scène, puis se tourne face à la distribution, les mains sur les hanches.

— Personnages principaux, côté jardin, ordonne-t-elle. Chœur, côté cour.

Tout le monde obéit, y compris moi.

— Bon, fait Marilyne.

Elle mâchouille ses lèvres pendant un instant, puis

144

laisse échapper un long soupir d'exaspération.

— Allez répéter la chorégraphie de la « Danse des zombies », lance-t-elle en montrant le chœur du doigt. C'est un désastre.

Autour de moi, on se met à ronchonner.

— Roxy sera la responsable. Arrangez-moi ça.

Un instant, qui est responsable? me dis-je. Mais avant que je puisse protester, Maryline se tourne vers les personnages principaux, incluant Antoine qui est barbouillé de peinture.

— Vous, venez avec moi. Nous allons revoir les scènes deux à cinq; ensuite nous joindrons le chœur pour refaire l'ouverture... si vous n'y voyez pas d'inconvénient, monsieur. (Marilyne regarde M. Amato en levant les sourcils.)

Il agite un bras dans sa direction sans même se donner la peine de lever les yeux de son journal.

— Super! Euh, action!

— Pour qui se prend-elle? grogne un membre du chœur tandis que nous nous mettons en place pour « La Danse des zombies ».

— Pour quelqu'un qui sait de quoi elle parle, rétorque Kira.

C'est le dernier reproche, du moins jusqu'à ce que nous commencions à répéter le numéro. Mme Hardy l'a elle-même chorégraphié – ce qui constitue en soi le problème. Essentiellement, nous formons trois rangs et nous nous déplaçons mollement d'un bout à l'autre de la scène en faisant de ridicules mouvements des mains à l'unisson. Bras en haut, bras en bas, bras devant, bras en bas, bras en haut, secouer les bras, bras en bas. Simple, non?

On ne parle pas ici de neuroscience. Il ne s'agit pas non plus de danse, techniquement parlant. Et pourtant, la moitié des danseurs ont tout de même besoin de compter à voix haute pour savoir où doivent se trouver leurs bras. Ils percutent sans cesse tous ceux qui ont la malchance de se trouver à côté d'eux. Ou encore ils se déplacent vers la gauche quand ils doivent aller à droite, et font trébucher la moitié du rang.

La troisième fois que cela se produit, c'est la révolte.

— Marilyne a raison, c'est un désastre total, lance Sam en se laissant choir au sol.

— On a l'air de robots en convulsions, pas de zombies, se lamente Sharon en s'assoyant à côté de lui.

Bientôt, tout le monde est assis et gémit.

— Il n'y a rien à faire.

— Et ce n'est pas notre faute.

— Même si nous la faisions sans erreur, nous aurions quand même l'air ridicules. Cette chorégraphie est archi nulle.

Marilyne m'a désignée comme personne responsable, mais je ne sais pas ce que je suis censée faire. En tournée, on faisait ce que le directeur disait, sinon on était congédiés. (Bien sûr, il arrivait qu'on vous congédie seulement parce que vous aviez quelques centimètres en trop… mais ça, c'est une autre histoire.) On ne peut tout simplement pas partir au milieu d'une répétition ou ignorer le metteur en scène, même si c'est un moniteur de natation d'âge moyen qui n'hésiterait probablement pas à donner sa place à un orang-outang afin d'avoir encore plus de temps pour lire le journal. S'il pouvait arriver à trouver un orang-outang.

Kira se lève d'un bond et se faufile entre les membres du chœur pour aller se poster devant la foule.

— Écoutez. Nous détestons tous cette chorégraphie, n'est-ce pas? déclare-t-elle.

Tout le monde fait un signe de tête affirmatif, y compris moi. Elle enchaîne :

— Quand Mme Hardy était notre metteure en scène on devait faire ce qu'elle disait, même si c'était nul. Mais elle est partie maintenant. Alors si on n'aime pas la danse, il faut faire quelque chose.

— Comme quoi? demande Jade.

— Comme en créer une autre, répond Kira.

Puis, elle se tourne vers moi en souriant.

— Tu te rappelles la grande scène disco dans la version cinématographique de *Paillettes et pattes d'éléphant?*

— Ouais…

Je me remémore la scène. Le chœur est à peu près de la même taille que le nôtre, l'espace dont il dispose est semblable, les pas sont simples et le rythme est aussi le même. Il faudrait bien entendu que nous fassions quelques changements, mais Kira a raison. Ça pourrait

147

marcher. Et c'est beaucoup mieux que ce que nous avons.

— Mais ça fait deux ans que je n'ai pas vu ce film, dis-je. Je ne me souviens pas très bien des pas.

— Moi, oui, affirme Kira. Je vais te les montrer, ensuite tu pourras les enseigner aux autres.

— Pourquoi moi?

— Parce que je danse aussi mal que je chante. Je sais à quoi ça doit ressembler, mais ça ne veut pas dire que je peux le faire. C'est toi la spécialiste, non? Tu as pris des cours avec des chorégraphes de réputation internationale. Vous ne pensez pas qu'elle s'y connaît? demande-t-elle au chœur.

Tout le monde hoche la tête ou crie « oui » - même ceux qui ne m'ont jamais parlé. Kira me regarde. Elle a un petit sourire supérieur aux lèvres, mais ses yeux rient.

— Tu vois? fait-elle. Et aussi, il ne faut pas oublier que Marilyne t'a désignée comme responsable.

Créer une nouvelle danse deux semaines avant la première? Sans l'aide d'un chorégraphe professionnel ou d'un metteur en scène? Et, par-dessus le marché, avec un chœur dont une bonne partie des membres arrivent tout juste à monter les escaliers sans tomber? Ça aurait pu être une erreur monumentale.

Ça aurait dû être une erreur monumentale.

Mais pour une raison ou une autre, au bout d'une heure nous arrivons à danser de manière synchronisée.

Nous parvenons même à enchaîner la danse d'un bout à l'autre sans que personne ne tombe!

Tandis que nous faisons répéter le chœur une autre fois, je murmure à Kira.

— Dis-moi que je rêve, mais on dirait que ça fonctionne.

— Oubliez ça! s'écrie une voix provenant du fond du théâtre.

Antoine surgit de l'obscurité en secouant la tête.

— Pas question, dit-il.

Marilyne court derrière lui.

— C'était seulement une suggestion, lance-t-elle. Puisque ta voix n'arrête pas de se casser…

— J'ai dit, pas question!

Antoine est rouge comme une tomate. Il balance son sac à dos sur son épaule.

— Je m'en vais, dit-il en secouant la tête. On n'arrivera jamais à monter un spectacle comme ça! On n'est pas prêts et on ne sera jamais prêts. Vous voulez peut-être vous ridiculiser devant toute l'école, mais pas moi.

Marilyne blêmit.

— Tu nous laisses tomber? s'exclame-t-elle. Tu ne peux pas!

— Oh que si, réplique Antoine. Et si les autres sont intelligents, ils vont faire la même chose que moi.

— Il a peut-être raison, reconnaît Émilie en faisant signe à Anne-Luce.

— Ouais, approuve Anne-Luce. On devrait peut-être

annuler le spectacle cette année.

Annuler le spectacle?

— Vous avez perdu la tête? lâche Marilyne. On ne peut pas annuler le spectacle. M. Amato...

— Pardon? demande-t-il en levant les yeux de son journal.

— Monsieur Amato, dites-leur qu'on ne peut pas juste annuler le spectacle. Quoi qu'il arrive, le spectacle continue, n'est-ce pas? C'est, comment dire, une règle au théâtre.

L'entraîneur hausse les épaules.

— C'est peut-être une règle au théâtre mais pas à l'école, à ma connaissance. Ils m'ont dit de m'asseoir ici et de m'assurer que vous ne vous tapiez pas sur la tête, mais ils n'ont pas dit que le spectacle devait continuer. Nous sommes tous des adultes ici, pas vrai?

Euh... non.

— Je ne peux forcer personne à faire partie du spectacle, dit-il à Marilyne. Ce serait comme t'obliger à joindre l'équipe de natation et te pousser dans la piscine tout habillée. Tu n'aimerais pas ça, hein? ajoute-t-il en y allant d'un autre éclat de rire qui sonne faux.

En ce moment même, Marilyne n'a pas l'air d'aimer quoi que ce soit, et surtout pas M. Amato.

— On devrait peut-être ralentir un peu, dis-je à voix haute.

Tous se tournent vers moi, dans l'attente de précisions. Le problème c'est que je ne suis certaine de rien. Je n'avais même pas l'intention de dire quelque chose. Mais maintenant que j'ai ouvert la bouche, je n'ai plus le choix. Tous les yeux, tels des projecteurs, sont braqués sur moi, et n'est-ce pas sous leurs feux que je suis censée être en parfait contrôle de mes moyens? Je me lance.

— Le spectacle n'aura pas lieu avant deux semaines, n'est-ce pas? Alors, si jamais nous décidons de l'annuler... (Marilyne me jette un regard furieux.) Je dis bien si jamais, il n'est pas nécessaire de le faire aujourd'hui, n'est-ce pas?

— Je ne vais pas gaspiller mon temps à répéter si nous annulons le spectacle à la dernière minute, se plaint quelqu'un dans la foule.

— Je n'ai pas dit que nous attendrions à la dernière minute. Je dis simplement que nous devrions réfléchir un peu avant de faire une bêtise, non?

Antoine fronce les sourcils.

— Se ridiculiser devant toute l'école, c'est ce que j'appelle une *bêtise*, lance-t-il.

— Et si on s'arrangeait pour que ce spectacle soit le meilleur dans l'histoire de l'école Valmont? Et si tu en étais la vedette?

Marilyne me lance un regard furibond. Je m'empresse de corriger.

— La covedette.

Il réfléchit. Sans doute sait-il que les membres de la troupe de théâtre (les filles) l'aiment seulement parce qu'il est toujours la vedette (covedette) des spectacles.

— Tu sais comment faire pour y arriver? demande-t-il, l'air dubitatif.

— Pas encore, me dois-je d'admettre. Mais si on avait un peu plus de temps…

— Nous allons revenir demain, décide Antoine qui vient de s'attribuer le rôle de porte-parole du mouvement pour l'abandon du spectacle. Tu pourras alors nous donner une raison de rester. Ou de partir.

Il quitte l'auditorium. Lili et Lulu se précipitent derrière lui et passent à côté de Marilyne sans un mot. Le reste de la distribution se retire peu à peu. M. Amato doit sans doute se dire que c'est son signal de départ car il file aussi. Bientôt il ne reste plus que Marilyne, Kira et moi.

— C'était plutôt impressionnant, dit Kira en me regardant comme si elle ne m'avait jamais vue.

— Quoi?

— Tout d'abord, tu réussis à mettre le chœur au point…

— C'était ton idée, fais-je remarquer.

— Mais tu es celle qui l'a réalisée, proteste-t-elle. Ensuite, tu réussis à convaincre notre propre Conrad Birdie de ne pas s'envoler.

— J'ai négocié une journée supplémentaire, dis-je. Ce n'est pas grand chose.

Mais je ne peux m'empêcher d'être fière de moi. J'ai passé tant d'années à faire ce que quelqu'un d'autre me disait – danse comme ça, chante comme ça, joue comme ça, bouge comme ça – je suis donc un peu surprise de constater que je peux moi-même diriger.

— Je dirais même que c'est rien, fait Marilyne d'un air maussade. Antoine va nous plaquer demain. Et tout le monde va faire la même chose que lui. Le spectacle est foutu.

— Peut-être pas, dit Kira, l'air songeur. Vous avez déjà vu *Place au rythme*, un vieux film mettant en vedette Judy Garland et Mickey Rooney?

Marilyne et moi secouons la tête.

— C'est un très vieux film, des années trente environ, explique Kira. C'est probablement la plus célèbre comédie musicale réunissant le duo Judy-Mickey, bien que je crois que sa réputation soit un peu surfaite et – détail amusant, il est sorti la même année que *Le Magicien d'Oz*, et la femme qui joue…

— Arrête d'essayer de prouver que tu en sais plus que nous et viens-en aux faits! lance Marilyne d'un ton brusque.

— Elle n'essaye pas de prouver quoi que ce soit, dis-je. C'est seulement sa façon de penser. Pour Kira, le monde entier est une grande comédie musicale.

Kira hausse les épaules, l'air de dire : Mais tout le monde pense comme ça, non?

Je jette un regard insistant à Kira avant d'ajouter :

— Il arrive parfois, bien entendu, qu'elle se laisse un peu emporter.

Kira s'éclaircit la gorge.

— Oh, c'est vrai, fait-elle. Le film raconte l'histoire de jeunes qui sauvent la situation en montant un spectacle dans la grange du village. Personne ne croit qu'ils peuvent y arriver parce qu'ils sont jeunes, mais ils connaissent tout sur le théâtre, et comme il s'agit de Judy Garland et de Mickey Rooney... bien entendu tout est bien qui finit bien.

— Mais nous ne sommes pas dans un film, fait remarquer Marilyne.

— Et alors? Ça ne veut pas dire que ça doit mal se terminer, réplique Kira. Roxy connaît tous les ingrédients d'un bon spectacle.

Je rougis.

— Je ne dirais pas que je les connais tous...

— Et Marilyne, tu aimes donner des ordres, enchaîne Kira.

Marilyne hoche la tête avec conviction.

— C'est vrai.

— Et je suis une encyclopédie vivante de Broadway, déclare Kira. Je connais par cœur l'histoire de la comédie musicale, ça devrait aider.

— Tu crois qu'on peut se passer de Mme Hardy? dis-je.

— Je crois *surtout* qu'on peut se passer de M. Amato, déclare Marilyne.

Kira fait un large sourire.

— Je suis même certaine que M. Amato serait d'accord avec ça : maintenant tout ce qu'il nous faut, c'est un plan de match.

Ma mère était contente de me donner la permission de sortir un soir d'école. Elle danse de joie à l'idée que j'ai peut-être des amies. Ainsi, Kira et moi retournons chez Marilyne pour élaborer une stratégie. Du moins, c'est ce que nous étions censées faire... jusqu'à ce que Kira aperçoive le mur couvert d'affiches de Marilyne et que toutes deux passent l'heure suivante à échanger des commentaires sur leurs spectacles préférés. Et ensuite, une autre heure s'écoule à se disputer. L'une (Marilyne) soutient que Sondheim est un « imposteur à la réputation surfaite n'ayant aucune oreille » et l'autre (Kira) affirme que Richard Rodgers est un « écrivaillon abruti qui a gaspillé son talent pour faire équipe avec Hammerstein. » À un moment donné, j'affirme les aimer tous les deux. Mais on m'ignore totalement.

Tout en bavardant, nous mangeons de la pizza.

Mais entre les disputes, la pizza et une interprétation à trois épouvantablement fausse de *Blanches colombes et vilains messieurs*, nous parvenons tant bien que mal à mettre au point un plan de match. Quand je rentre à la maison, complètement épuisée, l'estomac à l'envers à cause de la pizza, je suis absolument certaine d'une chose : nous allons réussir.

Je suis de très bonne humeur, jusqu'à ce que je mette le pied dans la porte et trébuche sur les souliers de soccer boueux d'Anaïs. Vous savez quand on dit qu'on revoit le film de sa vie au moment de mourir? Eh bien, quand on est sur le point de tomber face contre terre (grâce aux souliers de soccer boueux de sa petite sœur) quelque chose d'autre nous traverse l'esprit.

C'est ce qui se passe dans mon cas.

Avant même de heurter le sol, tout me revient. Le temps ralentit tandis que je revois notre dispute d'hier soir, notre projet d'aller au centre commercial pour acheter de nouveaux souliers, ma promesse que je ne laisserais plus tomber Anaïs. Et l'expression sur son visage disant qu'elle s'attendait à ce que je recommence encore.

Comme je viens de le faire.

Le temps s'accélère et je m'écrase au sol avec un bruit sourd. Ça fait mal, mais pas autant que je le mérite. Je me relève et me précipite au premier étage pour aller frapper à la porte d'Anaïs. Pas de réponse.

Je frappe plus fort en criant :

— Je sais que tu es là!

— Tes pouvoirs psychiques doivent être défectueux, dit une voix masculine derrière moi. Elle est allée directement chez Sasha après le centre commercial.

— Oh, fais-je en arrêtant de frapper.

Mon père soulève un sourcil.

— Il y a un problème? demande-t-il.

Évidemment. Mais pas le genre qu'il peut résoudre. Je secoue la tête et marmonne bonne nuit avant de disparaître dans ma chambre en fermant la porte derrière moi. Il y a un message collé sur celle-ci, à l'intérieur. Il n'est pas signé mais je reconnais les pattes de mouche d'Anaïs.

Merci, est-il écrit. Je peux presque entendre le sarcasme et la colère dans sa voix.

Tu es toujours là quand j'ai besoin de toi.

Chapitre 10

Règle de diva n° 10 : « *Il faut toujours brûler les planches même quand on se sent complètement à plat.* »
— Ethel Merman
(Vedette d'*Annie Get Your Gun*)

— On n'a pas besoin de Mme Hardy, annonce Marilyne à la distribution le lendemain. Et on n'a pas besoin de M. Amato non plus. (Il ne lève même pas les yeux quand son nom est prononcé.) Roxy est une professionnelle – elle connaît toutes les étapes pour arriver à la première. Et Kira connaît absolument tout sur les comédies musicales, point.

Kira et moi nous tenons au milieu de la scène à côté de Marilyne. Nous faisons chacune une drôle de petite révérence.

— C'est génial, lance Antoine. Mais *toi*, que sais-tu?

— Je sais qu'on peut y arriver, répond Marilyne en le regardant d'un air furieux. Et je sais que j'ai travaillé trop fort sur ce spectacle pour simplement l'abandonner. Je sais que je n'ai pas peur d'aller jusqu'au bout.

Antoine bondit sur ses pieds.

— Qui a parlé d'avoir peur? Je ne suis pas un lâche!

— Tu n'es pas un acteur non plus, dis-je. Pas si tu

décides d'abandonner au milieu d'une production.

Lili et Lulu me regardent, bouche bée, comme si j'étais folle de l'insulter. Le reste de la distribution a l'air indécis. Nous leur avons expliqué comment nous pouvons arriver à répéter sans aide. Ils savent que nous sommes prêtes à travailler fort et à faire tout pour que le spectacle soit un succès. Mais nous ne pouvons y arriver sans eux.

— On n'y arrivera pas sans toi, Antoine, dis-je en lui souriant d'un air affecté.

Je suis tentée de lui dire exactement ce que je pense de lui... mais j'ai soudain une bien meilleure idée.

— Si tu pars, ça ne servira à rien de continuer. Tu es notre vedette masculine. Toutes les filles de ma classe foyer ont déjà décidé d'acheter des billets juste pour te voir sur scène. Alors, si tu abandonnes...

Antoine plisse les yeux.

— Qui a parlé d'abandonner? dit-il. Allons, au travail.

Si la vie était un film, c'est ici que le montage musical commencerait. Vous connaissez ce genre de scènes où ils mettent le dialogue en sourdine pour faire place à une musique triomphale? Et ensuite, les personnages tombent amoureux ou se mettent en forme ou s'en vont à la guerre ou gagnent le match, et tout ça dans l'espace de quelques minutes?

Parfois, c'est ce qu'on ressent dans la vraie vie. On est trop stressé et trop occupé pour voir le temps passer, mais de temps à autre, on lève les yeux pour constater qu'on est en plein dedans, que ça se passe réellement. (Qu'importe de quoi il s'agit.) Et c'est comme si on entendait la musique dans le fond qui s'amplifie et on imagine la caméra qui se rapproche de notre visage plus déterminé que jamais.

Bon, imaginez la caméra faisant un gros plan sur mon visage.

Imaginez le volume de la musique qui augmente, le thème de *Rocky*, par exemple.

Et maintenant, imaginez un grand fouillis de scènes et l'horloge qui égrène les minutes jusqu'à la grande première.

Il y a la scène où toute la distribution se range du côté d'Antoine. (Cette scène s'intitule « Pourquoi les gens se laissent-ils influencer? ») Aussitôt qu'il vote oui, qu'il décide de rester, tout le monde le suit. Et soudain nous sommes tous là à sauter partout sur la scène en criant que Valmont n'aura jamais rien vu de tel depuis que la cafétéria a lancé les « frappés à la vanille » du vendredi.

Il y a la scène « Est-ce possible de s'entendre? ». Le volume musical monte au moment où Antoine et Sam entrent en collision, s'écrasent au sol dans un enchevêtrement de bras et de jambes, serrent les poings... puis éclatent de rire et s'aident mutuellement à se relever.

Ensuite, il y a les scènes de travail acharné, de dur labeur. (On les intitule « Je suis crevé! », « J'ai faim! » et

« Aïe, arrête de m'écraser le pied! ») Nous répétons avant l'école. Nous répétons après l'école. Nous répétons même pendant les heures de classe si on compte la fois où Marilyne et moi exécutons notre numéro *Zombies in English* pendant un de nos cours d'anglais. (Même Mme Johnson est impressionnée.) Grâce à sa mémoire phénoménale, Kira nous trouve de nouvelles chorégraphies pour la moitié des scènes du chœur. Bientôt, il n'y a plus de collision entre les interprètes (bien qu'Antoine n'arrive toujours pas à distinguer sa droite de sa gauche).

Marilyne s'amuse follement à donner des ordres à tout le monde. Elle doit travailler fort pour tenir sa mère loin des répétitions, mais elle y parvient, on ne sait trop comment.

— Si elle découvre le pot aux roses, nous prévient Marilyne, elle va vouloir s'occuper elle-même de la direction artistique.

Ayant déjà rencontré Mme Cherrier, je n'ai pas de mal à la croire.

En ce qui me concerne, je passe la majeure partie de mes répétitions dans les coulisses. Je coordonne l'équipe technique – les régisseurs, les concepteurs du décor, de l'éclairage et du son. On dirait que chaque jour ils ont un million de nouvelles questions. Et comme j'ai passé presque toute ma vie dans les coulisses, il se trouve que j'ai les réponses.

Allons à la scène où je suis en train de chercher une solution pour corriger l'angle de la tour dans un décor afin qu'elle ne jette pas d'ombre sur les acteurs.

Coupez! Passons à une autre scène où je montre aux concepteurs de l'éclairage comment régler le projecteur afin de mettre en valeur les nouveaux numéros de danse.

Coupez! Et voici notre première répétition générale, quand j'enfile mon costume de loup-garou fait maison (une vraie horreur). Comme Anaïs ne me parle plus, j'ai des bandes de t-shirt brun enroulées autour des mains (fourrure), le visage barbouillé de peinture brune (qui représente de la fourrure) et deux triangles de carton brun sur la tête (les oreilles). On rit tellement de moi que je quitte la scène.

Mais passons donc à autre chose.

Allons plutôt me voir approuvant de nouveaux crocs pour nos vampires... et fixant par terre des marques afin que tout le monde trouve exactement sa position sur scène... et travaillant avec l'orchestre qui jouera dans la fosse afin de déterminer comment nous allons arriver à synchroniser le chant et la musique... et, bon, je pense que vous avez compris.

N'allez pas croire que je suis en train d'affirmer que le succès du spectacle repose que sur mes épaules.

Non, ce n'est pas ce que je veux dire.

C'est vrai qu'ils n'y seraient jamais arrivés sans moi. Mais je n'y serais pas arrivée non plus sans eux.

Maintenant voilà le moment dans le montage musical où la musique s'estompe un peu, juste assez pour que nous puissions entendre ce que disent les personnages, car quelqu'un est sur le point de prendre conscience de quelque chose d'important.

— Je ne sais toujours pas ce que nous allons faire avec la « Danse des zombies », me confie Kira deux jours avant la première. Comme la scène vient tout de suite après « Les Guerriers vampires », il est impossible que le chœur puisse arriver à faire le changement de costume et de décor.

— C'est ce que je craignais, dis-je.

Ça fonctionnait en répétition, mais avec les costumes et les décors, il est évident qu'il n'y a pas assez de temps entre les deux gros numéros.

— Alors, pourquoi ne pas déplacer la scène? suggère Marilyne. On peut la changer de place avec « Mon Cœur saigne ».

Il s'agit d'une ballade, le grand solo de Marilyne. Son personnage se déguise en loup-garou afin d'épier la tour des monstres. C'est là qu'elle rencontre son grand amour, le prince vampire, et qu'elle doit décider si elle va lui enfoncer le pieu dans le cœur.

— On ne peut pas déplacer « Mon Cœur saigne », dis-je. Tu tiens un rôle majeur dans « Les Guerriers vampires ». Tu n'arriveras jamais à mettre ton costume et à aller prendre ta place à temps pour chanter ton solo dans la scène suivante.

— Elle a raison, dit Kira. Tu ne peux pas faire la scène des guerriers dans le rôle de la princesse Isabella, puis enfiler en vitesse ton costume de loup-garou et monter en haut de la tour pour aller chanter ton solo.

Même *toi*, tu ne peux pas changer de costume assez vite.

Marilyne réfléchit.

— Ce n'est peut-être pas nécessaire, dit-elle. Roxy n'est pas dans « Les Guerriers vampires », non?

— Et alors? fait Kira.

— Alors, explique Marilyne, elle aurait pleinement le temps de se préparer pour la scène suivante. Lady Isabella se déguise en loup-garou pour « Mon Cœur saigne ». Personne ne va remarquer si c'est moi qui suis derrière le masque... ou Roxy.

Kira et moi échangeons un regard hésitant.

Marilyne soupire et ajoute :

— Écoutez, si nous essayons de garder les scènes dans l'ordre actuel, ça va être le fiasco total. Le chœur ne sera jamais prêt à temps, et Antoine va probablement enfiler le mauvais costume, chanter la mauvaise chanson et tomber en bas de la scène. Si on fait comme je dis, ça va fonctionner. Personne ne verra la différence. En autant que Roxy trouve un meilleur costume de loup-garou.

Elle affiche un petit sourire en coin.

Je dois l'admettre, ça pourrait fonctionner. Mais...

— Tu me donnerais ton solo? dis-je. C'est ton numéro préféré.

— Le plus important, ce n'est pas moi, déclare Marilyne. (C'est ici que la musique s'amplifie. Préparez-vous à la grande prise de conscience.) Le spectacle passe en premier.

163

Il y a un hic avec les montages musicaux : ils omettent certaines choses.

Par contre, ce n'est pas comme ça dans la vraie vie. Alors je ne peux pas omettre le fait que ma sœur ne me parle plus, même si je me suis excusée un nombre incalculable de fois. De son point de vue, je l'ai abandonnée une fois de plus.

Au centième « excuse-moi », je suis forcée de constater que ce n'est pas suffisant. Donc, après notre dernière répétition générale, je demande à ma mère de me conduire au centre commercial.

— La veille de ta grande première? s'étonne-t-elle. Tu ne préférerais pas souper tôt, regarder un vieux film et te coucher à neuf heures?

Je hausse les épaules. C'est mon rituel d'avant-première et, oui, elle a raison, c'est ce que je voudrais faire. Mais comme le dit si bien Marilyne, le plus important, ce n'est pas moi, pas aujourd'hui en tout cas.

La plus grosse partie de l'argent que je gagne en tournée sert à couvrir mes déplacements et mes frais de subsistance, tandis que le reste va directement dans un compte d'études. Mes parents me permettent toutefois d'en mettre un peu de côté comme argent de poche. Ce soir-là, je dépense tout.

J'ai un peu d'aide, bien entendu. Mon père me donne tous les détails techniques dont j'ai besoin et ma mère laisse tomber son club de lecture pour me conduire au centre commercial. Mais un spectacle a toujours besoin de bons acteurs de soutien. Quand je rentre à la maison, je dépose le sac d'emplettes devant la porte d'Anaïs. Inutile de frapper, je sais qu'elle ne répondra pas. Je me contente de laisser un message :

À moins que tu aies décidé de ne plus jamais m'adresser la parole de ta vie, tu ferais mieux de t'en remettre bientôt – parce que je ne partirai pas de sitôt.

J'en conviens, ce ne sont pas des excuses à l'eau de rose, mais dans notre famille on est plutôt directs. J'ai dit ce que j'avais à dire. J'espère seulement que ce sera suffisant.

☆ *Chapitre 11* ☆

À mon réveil, le lendemain matin, il fait toujours noir dehors. 05:45. C'est ce qu'indiquent les chiffres verts sur le cadran à côté de mon lit. Mais je suis plus qu'éveillée, je suis survoltée. J'ai l'impression d'avoir été branchée dans une prise électrique et d'être aussi lumineuse que le cadran.

C'est la première, me dis-je en fixant le plafond.

Comme je n'ai jamais le trac, il me faut une minute pour définir la sensation bizarre qui me tord les tripes. Les gens parlent toujours de papillons dans l'estomac. Je dirais plutôt que dans mon cas il s'agit de guêpes. Et chaque fois que je pense au spectacle, l'une d'elles s'empresse de me piquer.

Ce n'est pas simplement un spectacle de plus. Bizarrement, on dirait que c'est mon premier – du moins, le premier qui est vraiment *le mien*.

Mon estomac gargouille. Je ne saurais dire si c'est la

faim ou la nausée, mais j'opte pour la faim. Surtout parce qu'il reste du gâteau aux brisures de chocolat dans la cuisine. J'ouvre doucement la porte en espérant qu'elle ne grincera pas afin de ne pas réveiller le reste de la maisonnée.

Je fais un pas dans le couloir… et manque de m'étaler de tout mon long.

Super, me dis-je en me rattrapant au cadre de porte. *Il ne manquerait plus que ça, me casser la figure avant le spectacle.*

J'ai trébuché sur un tas de tissu bien plié posé devant ma porte. C'est mon costume de loup-garou – sauf qu'il ne s'agit pas de l'horrible costume que j'avais fabriqué moi-même. C'est une combinaison brune à la queue en fourrure. Il y a aussi un masque de loup-garou qui a l'air affreusement réel avec ses crocs ensanglantés. Il est absolument parfait et il n'y a qu'une personne dans cette maison qui aurait pu le faire.

Bonne chance, dit le message. *Et tâche d'y faire honneur. – A*

Dans les coulisses, c'est la folie. Nous nous sommes installés dans la salle de l'orchestre qui nous sert de loge.

— Qui t'a offert ces fleurs? demande Émilie à Antoine qui fait le beau devant le miroir, un bouquet de roses à la main.

Il hausse les épaules sans quitter des yeux son propre reflet.

— Katy, je pense. Ou peut-être Alyson? Je ne sais plus trop...

Tout autour, l'activité est intense. Des acteurs se tortillent pour enfiler ou retirer leur costume de monstre, font des vocalises, répètent leur texte, se maquillent, essayent de ne pas paniquer, paniquent totalement – et, bien entendu, jouent aux cartes.

C'est le chaos. En entrant sur scène prendre nos places pour le numéro d'ouverture, nous pouvons entendre l'orchestre dans la fosse qui accorde ses instruments et le public qui chuchote. Marilyne, au centre de la scène, me jette un œil par-dessus son épaule et lève le pouce en signe d'encouragement. Kira sourit en haussant les sourcils.

— Qu'est-ce que tu penses? murmure-t-elle. *Le Fantôme* ou *Carrie*?

Elle parle du *Fantôme de l'opéra*, le spectacle ayant tenu l'affiche le plus longtemps sur Broadway.

Et de *Carrie*, l'échec le plus notoire, horrible et désastreux qu'ait connu Broadway. Une humiliation totale pour toutes les personnes qui y prenaient part.

Avant que j'aie le temps de répondre, les lumières s'éteignent.

Le rideau se lève.

Le spectacle va commencer!

Je ne vous ferai pas languir. *Monstres en folie* : la comédie musicale est un succès total.

Je savais qu'il en serait ainsi, dès l'instant où les

projecteurs se sont allumés. Bien évidemment, Antoine est allé vers la gauche alors qu'il devait se diriger à droite et il a heurté Jade, mais personne n'a remarqué. Les oreilles de loup-garou de Sam sont tombées au milieu de la première chanson, mais il ne s'est pas démonté et s'est arrangé pour les recoller quand personne ne regardait. Comme d'habitude, Kira chantait complètement faux, mais sa voix s'est fondue dans celles des autres. C'est la beauté du chœur.

En entendant les applaudissements à la fin de la première scène, je sais que le public est conquis. On a le sentiment, quand les choses vont très bien, que les spectateurs nous suivront, peu importe où on les emmène. Qu'ils sont prêts à oublier que nous ne sommes qu'un groupe de personnes se démenant sur scène. Ils veulent croire l'histoire qu'on va leur raconter.

Ma place est peut-être dans le chœur, me dis-je, tandis que j'accorde mes pas à ceux de Kira et Sam tout en sautant en cadence avec mes partenaires loups-garous. Ou ma place est peut-être à l'arrière-scène. Pas seulement pour jouer aux cartes et lancer un disque volant mais pour coordonner les changements de décor et régler les problèmes d'accessoires (tandis que M. Amato, dans le fond de la loge, regarde le football sur un mini téléviseur). Peut-être qu'en fin de compte je ne suis pas une vedette-née.

Puis, je monte sur scène interpréter le solo de Marilyne.

Je comprends alors que, même si toutes les autres

choses sont passionantes, il n'y a rien comme de se trouver sous les feux des projecteurs.

Je chante d'une voix mélancolique.

— *Du sang sur tes dents, un pieu dans mes mains, je sais que je dois frapper mais je ne comprends pas.*

J'oublie les spectateurs devant moi, les lattes du plancher sous mes pieds, le décor branlant au-dessus de ma tête. J'oublie le projecteur aveuglant. L'orchestre jouant faux. La fourrure synthétique du masque m'éraflant le visage. J'oublie tout, sauf la musique.

Je sais que tu es un vampire, mais faut-il que du sang tu boives?

Et que l'ail nous sépare?

Je sais que tu es un vampire, mais faut-il que du sang tu boives?

Et un pieu dans ton cœur enfoncer

Et que mon cœur saigne

Pendant un instant, je suis Lady Isabella pleurant son amour vampire. Puis, la chanson se termine et des applaudissements retentissent dans tout le théâtre. Je suis moi à nouveau.

Roxy Davida.

Une vedette-née.

— Bravo Roxy! s'écrie Anaïs en me jetant un bouquet de marguerites jaunes dans les bras.

Tout autour de nous, l'espace est envahi de comédiens épuisés et de familles fières. Mes parents sont toujours perdus quelque part dans la foule, mais

Anaïs a joué du coude pour se rendre jusqu'à moi.

— Tu étais formidable là-haut!

— Grâce à ton costume, dis-je. Alors, j'imagine que tu m'as pardonné?

Elle soulève le rebord de son jeans pour me montrer les nouveaux souliers de soccer qu'elle porte. Sa séance de magasinage avec maman avait été un échec total étant donné que les souliers de son choix étaient beaucoup trop chers. Heureusement pour Anaïs, j'avais beaucoup d'argent à dépenser et une petite sœur en colère à impressionner.

— Qu'est-ce que tu en déduis? demande-t-elle.

— J'en déduis que je peux t'acheter, dis-je à la blague.

— J'en conclus donc que j'ai finalement réussi à t'éduquer, riposte-t-elle.

— Alors est-ce que les souliers remplacent la couronne? Vas-tu les porter tout le temps à partir de maintenant?

— Pas question, fait-elle en enlevant de la main un grain de poussière imaginaire. À partir de demain, je les porterai seulement sur le terrain.

— Bien.

— Qu'est-ce que ça peut te faire?

— Parce qu'à partir de maintenant je peux continuer à t'appeler la petite princesse.

J'éclate de rire, heureuse d'avoir enfin retrouvé ma sœur.

Soudain, une voix familière me parvient à travers la

foule.

— Chérie, tu étais *very marvellous!*

J'écarquille les yeux.

— Grand-tante Sylvia? fais-je, troublée, tandis qu'elle se jette dans mes bras. Que fais-tu ici?

— Je ne comprends pas pourquoi tu ne m'as pas toi-même invitée? réplique-t-elle. Dire que j'ai failli manquer ton premier spectacle!

Je sens mes joues s'enflammer.

— Je sais à quel point tu détestes cet endroit, dis-je. Et, euh, j'imagine que j'étais un peu gênée... de faire partie du chœur.

Grand-tante Sylvia secoue la tête.

— Heureusement que tes parents ont plus de bon sens que toi, rétorque-t-elle. Autrement, j'aurais raté ton admirable prestation. Honte de faire partie du chœur? Ne t'ai-je donc rien appris? Qu'est-ce que je répète sans cesse?

— Il n'y a pas de petits rôles, dis-je docilement, seulement de petits acteurs.

— Exactement! s'exclame grand-tante Sylvia en me serrant à nouveau dans ses bras. Et tu es loin d'être une *petite* actrice, murmure-t-elle avec fougue. Tu es la plus grande et la meilleure que je connaisse.

C'est tellement bizarre de la voir dans l'auditorium de l'école, à côté de mes parents et de ma sœur. C'est comme découvrir un petit morceau de Paris en plein cœur de Valmont. Mais Paris ne me manque pas pour autant. Au contraire, je suis encore plus contente d'être

172

chez moi.

— Attends, lui dis-je. Il faut que je te présente mes amies.

— J'en serai ravie, dit-elle.

Puis elle ajoute avec un sourire énigmatique :

— J'ai emmené quelqu'un avec moi, que tu seras aussi très contente de rencontrer, je n'en doute pas.

— Qui?

Personne ne me vient à l'esprit. Ce n'est certainement pas Jerry le producteur – lui, je serais contente de ne plus jamais le revoir. Peut-être que son assistante Hélène est venue et a apporté quelques livres (usagés) de Munsch.

— C'est une surprise, mais tu vas adorer, me promet grand-tante Sylvia. Maintenant dépêche-toi d'aller chercher tes amies. Je veux m'assurer qu'elles sont dignes de toi.

Je trouve mes amies cachées derrière une rangée de sièges en train d'épier quelque chose en se tordant de rire.

— Mais qu'est-ce que vous faites là?

Kira montre du doigt Antoine, qui se trouve quelques mètres plus loin. Il parle à un vieil homme qui lui ressemble vaguement.

— Tu te rappelles des fleurs qu'il a reçues avant le spectacle? me demande-t-elle.

— Tu parles de celles que lui a offertes Kathy? Ou Alyson? Ou je ne sais plus trop?

— Laisse-moi le lui annoncer, la supplie Marilyne.

Kira laisse échapper un gros soupir.

— OK, vas-y. Tu obtiens toujours les rôles intéressants.

Marilyne fait un grand sourire.

— J'ai une meilleure idée, dit-elle. Nous allons jouer la scène. Tu fais grand-papa.

Kira prend la main de Marilyne et la secoue brutalement.

— Excellente prestation, jeune homme, fait-elle d'une grosse voix.

— Hé, merci, grand-papa, répond Marilyne en faisant de son mieux pour sembler aussi écervelée qu'Antoine.

Kira lui donne une petite tape crispée dans le dos.

— As-tu reçu les fleurs que je t'ai envoyées?

— Elles étaient maaa-gniii-fi-ques! répond Marilyne en battant des cils.

C'est trop drôle pour être vrai.

— Quoi, c'est son grand-père qui lui a envoyé les fleurs? fais-je en m'étranglant.

Impossible de poursuivre la conversation. Je ris à gorge déployée.

Lorsque nous sommes enfin calmées, j'entraîne Marilyne et Kira pour aller les présenter à ma famille. Mes parents font de leur mieux pour ne pas m'embarrasser. (Anaïs, par contre, fait tout ce qu'elle peut pour m'embarrasser. Mais les petites sœurs sont faites pour ça.)

Quand Anaïs finit de raconter comment j'ai vomi un jour en combattant des singes volants dans *Le Magicien d'Oz*, Marilyne regarde sa montre.

— Il faudrait que nous allions à la réception des acteurs, dit-elle.

— Une petite minute, les filles, lance grand-tante Sylvia. Je veux vous présenter un ami.

Elle lève un bras et l'agite frénétiquement jusqu'à ce qu'un homme mince avec une fine moustache apparaisse à ses côtés.

— Gilles Standish, dit-il en secouant la main à chacune d'entre nous. Heureux de faire votre connaissance. Cela fait des années que Sylvia me chante les louanges de sa petite-nièce; il fallait que je la rencontre.

— M. Standish travaille pour la tournée internationale des *Misérables*, explique grand-tante Sylvia tandis que Kira écarquille les yeux et que Marilyne avale de travers. Il est en ville pour quelques jours seulement, mais je lui ai dit qu'il devait venir au spectacle.

— Et c'était la bonne décision, déclare M. Standish. Jeunes filles, vous nous avez donné un spectacle sublime. Toi en particulier, ajoute-t-il à l'intention de Marilyne.

— Vraiment? demande Marilyne d'une voix crispée par la nervosité. (J'entends presque les battements de son cœur.) Vous pensez vraiment que j'étais bonne?

— Incontestablement. La chanson « Mon Cœur saigne »... Une voix remarquable pour une fille de ton âge. Même à travers le masque de loup-garou.

Marilyne et moi nous tournons l'une vers l'autre en même temps. Elle serre les lèvres tandis que son corps est secoué d'un imperceptible frisson. Puis, elle prend une profonde inspiration et se redresse.

— M. Standish, dit-elle. En fait, ce n'était pas moi. Roxy l'a chantée à ma place.

— Oh, fait M. Standish qui s'éclaircit la gorge avant de poursuivre : eh bien, euh, oui. Tu étais bien sûr très bonne dans le reste du spectacle. Très bonne. Je... euh. Oui.

Il jette un coup d'œil par-dessus nos têtes.

— Je crois reconnaître quelqu'un là-bas, annonce-t-il. Alors, vous m'excuserez... Roxy, tu viendras me saluer avant de partir, d'accord?

Je hoche la tête tout en ayant la conviction qu'il n'a reconnu personne. Il veut simplement fuir la situation embarrassante dans laquelle il vient de nous mettre.

— Merci, dis-je à Marilyne lorsqu'il a disparu. Ce n'était pas nécessaire.

— Bien sûr que ce l'était, réplique-t-elle.

— Non, soutient Kira, l'air étonnée. Non, ce ne l'était pas. Tu aurais pu le laisser croire que c'était toi. Mais tu ne l'as pas fait.

Marilyne hausse les épaules.

— Ce n'est rien, lâche-t-elle.

Mais je sais très bien que ce n'est pas le cas. Je ne peux m'empêcher de lui faire un câlin.

— Ce n'est pas rien pour moi, dis-je.

Tandis que les présentations familiales se poursuivent tout autour de nous, Kira, Marilyne et moi discutons fébrilement de nos projets pour la deuxième année de secondaire. Nous décidons que nous allons prendre la troupe de théâtre en main et forcer le directeur de l'école à nous trouver un nouveau metteur en scène. Quelqu'un qui connaît le métier. Nous allons choisir la production que nous voulons monter – quelque chose de Sondheim (la suggestion de Kira) ou peut-être d'Andrew Lloyd Webber (le cauchemar de Kira). Nous sommes intarissables.

Mais nous allons tout d'abord nous rendre à la réception.

— N'oublie pas, tu dois aller parler à ce M. Standish, me rappelle Kira en me poussant vers lui au moment où nous prenons la direction de la sortie.

Gilles Standish attend avec ma famille et grand-tante Sylvia en regardant sa montre. Son visage s'illumine quand il me voit arriver.

— Enfin! s'exclame-t-il. Écoute, il faut que je me sauve, alors ta famille te donnera tous les détails. En bref, nous avons un rôle vacant dans la tournée et nous aimerions beaucoup que tu viennes auditionner demain pour le rôle d'Éponine.

— C'est seulement à cause du solo?

Je me sens coupable d'avoir volé à Marilyne une grande occasion.

M. Standish secoue la tête.

— Tu veux rire? Cela fait des années que Sylvia t'encense. Si tu as seulement la moitié du talent qu'elle t'attribue, le rôle est à toi. J'ai donné à tes parents les indications pour l'heure et le lieu. Tu n'as qu'à te présenter et chanter. Si tu obtiens le rôle, les répétitions débutent dimanche. Le spectacle sera présenté à Montréal pendant les deux prochains mois puis partira en tournée dans seize villes. Prochaine destination : Las Vegas!

Je reste figée. Et quand je retrouve mes esprits suffisamment pour dire quelque chose, il a disparu.

Tous les regards sont rivés sur moi. Grand-tante Sylvia a l'air folle de joie. Mes parents rayonnent de fierté. Et Anaïs fixe ses nouveaux souliers de soccer. J'aperçois Kira et Marilyne près de la porte qui pouffent de rire en rejouant la chute spectaculaire d'Antoine dans le deuxième acte.

— Ton père et moi en avons discuté, déclare ma mère. Si l'audition se déroule bien, tu peux prendre le rôle.

— Mais, je croyais que vous vouliez que je reste à la maison?

Pourquoi est-ce que j'essaye de les faire changer d'idée? me dis-je.

— Le spectacle ne prend pas la route avant juillet, répond ma mère. Tu pourrais donc terminer ton année scolaire. Montréal n'est pas si loin en voiture, on pourrait s'arranger.

— Et on a pu constater à quel point tout ça est important pour toi, ajoute mon père. Nous voulons te soutenir si c'est ce que tu veux vraiment.

Mais qu'est-ce que je veux?

Pour la première fois depuis longtemps – peut-être même de toute ma vie – je ne le sais pas.

Chapitre 12

☆ ☆

> *Règle de diva n° 12 :* « Il faut que tu découvres qui tu es, ce que tu veux faire, et avoir confiance en la vie. »
> — Barbara Streisand
> (Vedette de *Funny Girl*)

— Si tu veux y aller, tu devrais juste y aller, déclare Anaïs.

— Peut-être que je veux y aller, dis-je.

Anaïs hausse les épaules, comme si elle s'en foutait.

— Alors, vas-y.

— Peut-être.

Si elle fait semblant qu'elle s'en fout, je peux aussi faire la même chose.

— OK.

— OK.

— Alors, vas-y, dit-elle en roulant les yeux.

J'y vais donc. Mais pas seule.

— Rappelle-moi ce que je suis venue faire ici? se lamente Kira, avachie sur les gradins en métal.

— T'ennuyer à mourir? suggère Marilyne en enlevant un de ses écouteurs juste assez longtemps pour répondre. Moi c'est ce que je fais.

Elle remet son écouteur et monte le volume. Sur le

terrain, le ballon de soccer s'envole à l'extérieur des limites et tout le monde autour de nous se met à pousser des acclamations. Je ne sais pas pourquoi.

— Ce n'est pas si mal, dis-je en levant la voix pour couvrir les cris de la foule.

Kira et Marilyne me regardent comme si j'étais cinglée.

— OK, c'est nul, fais-je, au moment où l'un des entraîneurs demande un autre arrêt de jeu.

J'ai l'impression que nous sommes ici depuis des heures, mais selon l'horloge, seulement dix minutes se sont écoulées.

— Anaïs tenait beaucoup à ce que je vienne la voir jouer, même si elle ne voulait pas le dire. Merci de m'avoir accompagnée.

— Je te rappelle que tu nous as achetées, fait Marilyne en agitant un des biscuits aux pépites de chocolat que j'ai faits.

Ailleurs, pas très loin d'ici, un groupe de filles se préparent à passer une audition. Les doigts crispés sur leurs gros plans, elles répètent leur texte en concluant des marchés avec l'univers. Et à la fin de la journée, une d'entre elles rentrera à la maison avec ce qu'elle veut le plus au monde : le rôle.

Le rôle qui aurait pu être le mien.

— Nous sommes fiers de toi, ont dit mes parents.

— Tu devrais y aller, ont dit Kira et Marilyne.

— Je savais qu'un grand rôle t'attendait! a dit grand-tante Sylvia.

— Si c'est ce que tu veux… a dit Anaïs.

181

Et c'est ce que je veux – mais pour la première fois, ce n'est pas la seule chose. Je veux aussi diriger la troupe de théâtre avec Marilyne et Kira même si, pour ça, je dois écouter leurs sempiternelles querelles. Je veux manger des crêpes le dimanche matin avec mes parents même si, pour ça, je dois faire la vaisselle après. Je veux réapprendre à connaître ma sœur même si, pour ça, je dois regarder une partie de soccer incroyablement longue et ennuyante qui n'en finit plus.

Anaïs court partout sur le terrain pour finalement prendre possession du ballon et lui donner un puissant coup de pied. Je saute sur mes pieds en criant au moment où il s'engouffre dans le filet.

Je ne comprends toujours pas pourquoi il y a des gens qui choisissent de passer leur après-midi à courir après un ballon – et je comprends encore moins qu'il y ait des gens qui veulent les regarder faire. Mais je dois avouer qu'Anaïs est excellente.

— Pourquoi faut-il que tu sois toujours Nathan Detroit? se plaint Kira tandis que Marilyne se met à chanter sur la bande sonore de *Blanches colombes et vilains messieurs*. (Il y a beaucoup de rôles pour filles dans cette production, mais nous convenons que les seuls bons rôles sont ceux de Nathan Detroit et Sky Masterson. Il y a un seul petit problème : ils sont deux, nous sommes trois.)

— Euh, peut-être parce que je sais chanter? fait remarquer Marilyne.

— Roxy sait chanter, proteste Kira.

— C'est pour ça qu'elle a le rôle de Sky Masterson,

répond Marilyne.

— Alors, qu'est-ce qu'il me reste? demande Kira. Le cheval?

Marilyne fait un grand sourire :

— Si les sabots te font!

J'y vais d'une suggestion rapide :

— Faisons un compromis. On pourrait peut-être chanter tous les rôles?

Elles me regardent, horrifiées.

— Ce n'est absolument pas professionnel! s'exclame Kira.

— Ouais, ça ne se fait pas, lance Marilyne d'un ton moqueur. Tu chantes peut-être pour le plaisir ces jours-ci, mais il y en a d'autres qui pensent encore à leur avenir.

Marilyne a tort.

J'ai décidé d'essayer d'être une élève de secondaire « ordinaire » pendant un certain temps. C'est vrai. (La vie n'a toutefois rien d'« ordinaire » quand je suis avec Marilyne et Kira – et c'est ce que j'aime.) Mais je suis toujours aussi sûre en ce qui concerne mon avenir. Je sais qu'un magnifique destin m'attend : je brillerai sur Broadway. Je suis destinée aux feux des projecteurs. Mon nom en lettres de néon fera sept mètres de haut.

C'est ce que l'avenir me réserve, j'en suis certaine.

Sauf que maintenant, j'ai aussi une autre certitude : l'avenir peut attendre.

Paroles de « La Danse des zombies »

Vous les entendez s'approcher
Des pieds se traînant par milliers
Les morts-vivants arrivent en ville
Pour la danse des zombies!

Vos tendres cervelles, on veut croquer
Fuyez, on va vous rattraper
C'est notre sport préféré
Dans la danse des zombies!

Nous ne sommes ni rapides ni brillants
Mais nous avons une longueur d'avance

Attention c'est l'heure de manger
Et vos cervelles on veut goûter

C'est la danse des zombies!
La danse des zombies!